Michael Stavarič

Böse Spiele

Michael Stavarič

Böse Spiele

Roman

C. H. Beck

Danksagung

Robert Bosch Stiftung
Bundesministerium für Unterricht, Kunst und Kultur

Gesetzt aus der Guardi bei Fotosatz Amann
Druck und Bindung: Pustet, Regensburg
Gedruckt auf säurefreiem, alterungsbeständigem Papier
(hergestellt aus chlorfrei gebleichtem Zellstoff)
Printed in Germany
ISBN 978 3 406 58240 0

www.beck.de

Böse Spiele

As we die, both you and I
With my head in my hands
I sit and cry.

You and me,
I can see us dying ... are we?
(No Doubt – Don't speak)

Siehe, die ganze Nacht durchwühlten sie zuckende
Flammen,
Sausend zugleich in das Totengerüst; und der schnelle
Achilleus
Schöpfte die ganze Nacht, in der Hand den doppelten
Becher
Und umschlich das Gerüst mit unendlichen Seufzern.

(Homer – Illias, 23. Gesang)

Kapitel 1

Wenn ich bei der Wahrheit geblieben wäre ... dass ich gelernt habe, mich täglich neu abzuschirmen, dass ich mir keinesfalls trauen kann, dass ich wach bin und ihr alles abverlange, dass die Männer und Frauen sich nur noch selten genügen. Und ob sie weiß, dass mir die Worte schwer fallen, dass mir diese zu schaffen machen, noch bevor ich ihrer habhaft werde, dass sie hängen bleiben und sich aufstauen, dass sie Kerben schlagen in meine Zunge und mir die Lust rauben. Dass die Kerben mit den Jahren tiefer wurden und die Wahrheit sich darin gern verlor, dass es besser dabei geblieben wäre, einander nicht zu fordern, dass man es gut und gern dabei hätte belassen können: *Eingekesselt!* Und bei ihr doch: *Eingelocht!* Schon in der Schule bringen sie einem bei, dass man sich sein Leben nicht aussuchen kann, dass es mit den ersten Atemzügen langsam entweicht und man ein Mann bleibt, umzingelt von den Frauen.

Ob du dich noch daran erinnerst, als ich dir erzählte, wie es so ist als Mann, wie die Männer durch die Gegend schleichen, die Soldaten und Träumer, deren Schritte man kaum hört, die Indianer mit goldenem Händchen, die das Leise-Sein übten. Wie sie doch sind, die Männer, dass sie verstohlen nach Hause schleichen mit schweißnassen Händen, dass sie ihre Frauen betrügen, dass sie ein schlechtes Beispiel abgeben, nirgendwo ankommen und darüber nie verzweifeln. Nicht die Liebe macht ihnen zu schaffen. Es bleibt der Wunsch leise zu sein, weil keiner hören darf und wissen schon gar nicht. Und wie die Männer so schweigen, um einander nicht in die Quere zu kommen, und wie sie im Schlaf davon sprechen, dass sie nicht mehr Herren der Lage sind, dass sie gern übertreiben oder verharmlosen: Den gefallenen Schnee, das Maß der Fische, die Morgenstunden, das Gold im Mund und ihren ersten feuchten Traum. Und doch sind es Dinge, die dazugehören, die gar keiner Entgegnung wert sind in ihren Augen, und du antwortest nur: *Dass du dich nicht im Ton vergreifst.* Und ich weiß genau, was sie meint, dass ich bislang vielleicht einfach nur Glück hatte.

Am nächsten Tag stehen wir unter einer grünen Plastikpalme, sie trägt ihr Herz links, wo es hingehört, und ich trage es viel zu weit oben, zu nahe am Kopf, und immer habe ich dieses Gefühl, es müsste besser sitzen. Wir stehen vor einem Haus, wo sie wohnt, und ich begleite sie bis vor die Tür, weil sich das gehört und sie sich gar nicht mehr sicher ist, ob es zwischen uns überhaupt etwas Fassbares gibt. Ob sie mich überhaupt jemals bittet: *Auf einen Sprung!* Dass ich Geduld mitbringe, ob sie weiß, dass ich einer dieser Männer bin, die es nicht eilig haben, die sich einen Teufel darum scheren, leise zu sein, diskret bisweilen, aber das ist etwas völlig anderes. Und sie schaut empor zu der Palme, dass man sie von ihrem Fenster aus viel besser sehen kann, dass sie überhaupt nicht versteht, warum es in dieser Stadt Palmen gibt, dass sie im Winter frieren und im Sommer die Sicht verstellen, was es damit bloß auf sich hat?

Und ich kann ihr nicht folgen, weil ich glaube, dass sie mir etwas mitteilen will, dass sich nur noch alles auf mich bezieht, dass mich etwas mit ihr verbindet, und dann öffnet sie die Tür und geht. Und ich stelle mir vor, wenn ich vor einem Haus warte, wie ich die Stiegen hochlaufe und an irgendeiner Tür läute, und wenn eine Frau öffnet, sage ich: *Schatz, es ist spät geworden.* Und ich wundere mich über den Mann und das

Kind, die hinter ihr hervorlugen, und sie zuckt etwas unbeholfen mit den Schultern, natürlich ist sie überfordert, aber dann sagt sie, dass wir ein andermal auf einen Kaffee gehen können, aber nicht jetzt, das gehöre sich nicht, es sei spät und das Kind müsse längst schlafen.

Und am nächsten Tag fährt sie zur Arbeit, dass sie viel arbeitet, um ihre Bewegungsfreiheit zu wahren, dass sie beliebt und autark ist, ich erinnere mich, wie sie mir nach unserer ersten Begegnung erzählte, dass sie irgendwann mit dem Vorstand im Bett war, dass der alles für sie tun würde, und sie kann auch für mich ein gutes Wort einlegen, wenn ich will, wo ich doch kaum Geld habe (das sieht man). Und ich hielt sie schon immer für etwas vorlaut, kannte aber doch auch andere Frauen und da war sie noch eine der bescheideneren, die man auf den ersten Blick sympathisch fand, mit der man Pferde stehlen oder Tauben füttern konnte, ohne unangenehm aufzufallen.

Und ob ich noch weiß, wie ich sie zum ersten Mal in Rage brachte, dass Frauen emotionale Wesen sind, dass wir Männer uns vorsehen sollten, dass die Frauen gegen die Männer zu Felde ziehen und uns in Grund und Boden treiben mit wuchtigen Schlägen. Sie sagt: *Keile in der nasskalten Erde.* Und dass die Frauen sehr wohl wissen, wenn der Mann bei einer anderen war, dass er so leise gar nicht sein kann, dass er im Vorgarten lärmt und an der Haustür zittert, dass die Frauen nur zu schlaftrunken sind oder keine Lust auf Debatten haben, dass alle Männer gleich sind und man sowieso einen im Haus braucht. Und ob ich noch weiß, wie sie diesen Rock trug, dass ich die ganze Zeit auf ihre Beine stierte, dass ich ihr später ungeniert in den Ausschnitt griff, dass ich meinte: *Ich bin ausgerutscht.* Dass Frauen gar nichts dagegen haben, wenn ein Mann zur Sache kommt, wenn er nur seine Sache gut macht. Ob ich überhaupt weiß, dass die Frauen über mich reden, dass sie mich beobachten, wie ich mein Leben lebe, dass sie sich hinterrücks zuflüstern: *Ein guter Fang.*

Und wir waren in der Stadt essen, als plötzlich Robert um die Ecke bog, ich musste mich ducken, als er sie sah und näher kam, als er sich setzte, kroch ich behände unter den Tisch, wo ich Stunden verharrte, während sie aßen und von Kindern und Horten sprachen, einer Ausbildung und einem besseren Leben. Und er beglich für uns drei, aber ihm fiel es gar nicht auf, nicht einmal das Wechselgeld wollte er nachzählen, dass er es eilig habe und wieder ins Büro müsse. *An einer großen Sache sei er dran,* sagt sie. *Schweigt sich aus.*

Wie er doch da saß, sein Schritt nur eine Handbreit von mir entfernt, ich roch, wie er roch, was ganz neu war für mich, weil sie alles von sich abwusch, bevor ich mit ihr schlief, und danach wusch sie sich wieder und alles von mir war verloren und so ging das ein ganzes Leben. Dass ich sie einmal fragte und sie sagte: *Er riecht streng.* Dass ich viel besser rieche, dass dies mit ein Grund sei, aber sie müsse vorsichtig sein. Und ich hätte in seinen Schritt fassen können, wie er sich anfühlt, ob er schnell auskühlt, ob sie weiß, dass sich Männer gerne messen, dass, wenn diese Dinge geklärt sind, sie für gewöhnlich gut miteinander auskommen.

Ob sie weiß, dass die Frauen uns Männer gern überschätzen, weil es sie sicherer macht, dass die meisten Frauen ein Kind wollen, dass dieses Kind für vieles entschädigt. Dass man mir angeboten hat, ein Kind zu zeugen, sogar zweimal, aber ich habe Nein gesagt. Weil es genug Kinder gibt, weil die Dinge noch komplizierter werden, weil ich an das Kind denke, weil ich kein guter Vater wäre, weil ich ein guter Vater wäre und vielleicht auf den Geschmack käme. Und dass man mir sagte, ich müsse das Kind nur zeugen, ich hätte sonst gar keine Verpflichtungen, fast so, als ob ich gar kein Kind hätte, das sei für einen Mann doch ideal. Und manch eine wollte wissen, welche Stellung ich am liebsten mag, dass es ihr egal sei, in welcher Position wir die Kinder anspitzen, ich kann tun, was ich will, nur der Samen muss fest reingedreht werden, und eine oder zwei Minuten soll ich ihn danach noch stecken lassen.

Ob sie überhaupt weiß, dass ich Nein gesagt habe, weil ich vielleicht mit ihr ein Kind haben will, irgendwann später, dass ich nur mit ihr so weit gehen würde. Ob ich erzählen soll, wie sie mir einen Stein nachwarf, dass ich schleunigst verschwinden soll, dass die Männer ohnehin alle Nomaden sind. Dass sie alles ihrem Robert erzählen würde und der käme, um mich zur Rede zu stellen: *Der wird dir dein dreckiges Grinsen schon ebnen! Der macht kurzen Prozess mit dir! Er wird dich leiden lassen!* Das wird ein böses Spiel.

Und ich erinnere mich, als ich weit genug weg war, als ich sie gerade noch hören konnte, dass sie ganz laut rief: *Du rufst mich doch an, morgen?* Und ich fasste mir in den Schritt, dass sie es gut erkennen konnte, was ein Zeichen war zwischen uns, dass es gilt. Dass es nach wie vor seine Bewandtnis damit hat, dass wir manchmal in irgendeiner Ecke dieser Stadt unseren Anstand vergessen. *Und wenn die Frauen mit dir sprechen, belass es dabei, halte dich nicht damit auf, sie verstehen zu wollen, du bist ein Mann, das kannst du nicht,* sagte sie. Und wie gern ich ihr doch erzählte, was ich gemacht habe gestern und die Woche zuvor und vor einem Jahr oder als ich noch ein kleiner Junge war; wenn es sie nicht gäbe, ich würde überhaupt nicht mehr sprechen oder nur von ganz belanglosen Dingen.

Ich habe sie einst auf der Straße getroffen, während sie telefonierte und mich gar nicht wahrnahm, sie hörte nicht, dass ich innehielt, ihr zusah, wie sie einen Fuß vor den anderen setzte (entlang des Boulevards), wie ihr ein Mann entgegenkam und noch einer, dem sie gar nicht auffiel, der vorbeieilte, mir kurz in die Augen sah, aber dann den Blick senkte. Und sie roch mich nicht, weil sie ganz andere Sorgen hatte, dass der Wind gut stand, ich entsinne mich, sie war abgelenkt und schrie ins Telefon: *Du bist so typisch!* Aber jede andere Frau hätte doch gesagt: *Das ist wieder so typisch für dich!*

Ob ich mich noch erinnere an die Wahrheit? Dass man es lernen kann, dass einem Mann die Zeit davonläuft und dass sich bei einer Frau die Zeit davonstiehlt, es passiert stetig und irgendwie langsam. Wie doch die Männer zur Sache kommen, das Heft in die Hand nehmen und die Brüste und alles was noch dazu gehört, dass sie leise sein müssen und nur ganz selten laut werden. Dass sie röcheln. Dass zu laute Männer einfach nicht auf ihre Kosten kommen. Wie sie eben so sind, die Männer, die unter ihren Autos liegen, aber immer auf ihrer Frau, mit ölverschmierten Händen, die sie viel zu selten waschen. Nicht die Liebe macht ihnen zu schaffen. Und dass doch die Männer in Seen und Wäldern und Höhlen herumstochern, Schätze heben wollen, die ihnen nicht zustehen, dass sie einander alles streitig machen, weil sie keinem etwas gönnen. *Dass du überhaupt ein Mann sein musst,* sagt sie.

Am nächsten Tag stehen wir unter einer grünen Plastikpalme, sie trägt ihr Herz links, wo es hingehört, dass es sich gehört, einander die Wahrheit zu sagen: *Ich habe nicht einmal vor zu verhüten.* Wir stehen vor ihrem Haus, die Nacht ist noch jung, ob sie mich überhaupt jemals bittet: *Lass mich nicht allein.* Aber ich kann noch warten, ich bin einer dieser Männer, die keine Angst mehr haben und sich gerne verschwenden, die sich nichts für den Rückweg aufsparen. Sie schaut empor zu der Palme, dass man von ihrem Fenster aus die ganze Stadt sehen kann und sie überhaupt nicht versteht, warum sie Städte bauen, dass doch Bäume viel schöner sind, dass der Mensch früher auf Bäumen lebte und sich dafür nicht zu schade war.

Und ich kann ihr gar nicht folgen, schaue verwundert hin, dass sie noch immer nicht weiß, wogegen ich allergisch bin, was ich gern trinke, wie ich mein Haar kämme und dass mein Schwanz immer links hängt: *Ist das so schwer zu begreifen?* Ob man einer Frau wie ihr überhaupt glauben darf, dass sie etwas ernst meint, ob sie überhaupt einen Begriff hat von der Ernsthaftigkeit eines Mannes, zu der er sich in langen Jahren durchgerungen hat und ob sie, gesetzt sie wäre bereit, mich ernst zu nehmen, etwas zu meiner Erkenntnis beizutragen hätte.

Dass ich mir vieles nur ausmale, dass sie eben noch in der Küche steht, Essen zubereitet, dass es dem Kind nicht schmeckt und wie sie dem Kind alles durchgehen lässt, weil sie in ihrer Kindheit keine Freiheiten kannte. Dass sie gemeinsam an den Hausaufgaben sitzen, dass sie Zahlen multiplizieren und addieren und dass man in Zahlen alles gut ausdrücken kann, wie weit etwas weg ist und wie schnell es vergeht. Und wie wir uns in den Armen liegen, dass ihre etwas länger sind als meine, dass ihre Mutter früher, als sie noch täglich telefonierten, irgendwann sagte: *Mein Kind!*

Dass ich vor ihrem Haus warte, bis sie das Licht abdreht und ein Fenster öffnet, die Vorhänge zuzieht und singt, dass sie von oben auf mich herab blickt, dass ich wie ein Tier lebe und in einen Wald gehöre, auf ein Feld, wo sie mich jagen und hetzen: *Bis kein Leben mehr in dir ist!* Bis sie weint und nicht mehr aufhören kann, bis sie endlich weiß, dass es zu spät ist, dass kein Schmollmund, kein Haare raufen mehr reicht.

Wir fuhren nie miteinander nach Italien, wir fuhren selten irgendwo hin, nach Frankreich oder Spanien, das Reisen machte ihr Angst, sie hatte kein gutes Gefühl dabei, wenn das Kind beim Vater blieb. Und ob sie überhaupt weiß, wie gern ich verreise, dass es bei einem Mann nicht selbstverständlich ist, dass die meisten Männer Angst haben in fremden Ländern, dass sie in fremden Revieren wildern und die Konsequenzen nur zu gut kennen. Und ich habe ihr damals ein Taschentuch gereicht, weil sie weinte und mir vorgriff: *Warum habe ich damals nicht auf meine Mutter gehört?*

Ich kann ihr nicht folgen, ziehe verwundert die Mundwinkel hoch, dass sie noch immer nicht weiß, wogegen ich allergisch bin, was ich gern esse, wie ich mich rasiere (immer von rechts nach links) und dass meine Familie tot auf dem Friedhof liegt: *Ist das so schwer zu begreifen?* Ob man eine Frau wie sie nicht lieber ziehen lässt, soll sie doch endlich verschwinden hinter dem nächstbesten Hibiskusstrauch, dass sie nur weg ist und mir keine Zeit mehr stiehlt. Ob sie überhaupt weiß, dass ich vor Kummer zu Boden sinke und liegen bleibe, dass es regnet und schneit, dass die Sonne scheint und sich die ersten Krähen niederlassen, obwohl sie sehr vorsichtige Vögel sind. Dass ich mich nicht mehr rege, bis sie abklingt in mir.

Und ich liege in meinem frisch bezogenen Bett, die Laken sind gewaschen, die Fenster weit offen, ich erinnere mich noch an den Wind, der zwischen den Dächern pfiff, die dumpfen Geräusche in der Wohnung meiner Nachbarn, zwei alleinerziehende Frauen mit Kindern. Gemeinsam gehen sie einkaufen und bringen die Kinder in einen nahen Tageshort, helfen einander mit ihren Kinderwagen, wenn sie die Straße überqueren, schaut die eine immer in die entgegengesetzte Richtung. Ob sie überhaupt weiß, dass ich ihnen den Müll wegtrage, die schweren und sperrigen Sachen, dass ich sie zu Spaziergängen begleite, Waschmaschinen stemme und Videorekorder programmiere, dass ihre Jüngsten manchmal vor meiner Tür stehen, mich liebevoll anschauen. *Papa,* sagen sie.

Und ob ich mich noch daran erinnere, wie sie schwanger war und mir auf einen Einkaufszettel schrieb: *Das Kind ist nicht von dir.* Und ich wollte wissen, warum sie mir das nicht einfach sagen kann, dass ich sie niemals geschlagen habe und dass ich selbst Roberts Kind nichts Böses wünsche. Ob ich mich noch erinnere, wie wir auf einer Wiese lagen, dass weit und breit kein Mensch, dass es ihr trotzdem unangenehm war, mit mir zu schlafen, weil jemand hätte zuschauen können, zwischen den Büschen hervorlugen, oder so einer mit Feldstecher, ein Jäger in Grün. Und dass es ihr Leid tut, dass sie nass war und geil, aber nicht mutig genug. Und dass sie später mit Robert geschlafen hat, wie es sich gehört, und dass das ein Fehler war, denn sonst wäre es mein Kind und es hätte meine Augen und die Gelassenheit des Erdreichs, auf dem es gezeugt wurde.

Und ob sie wohl ahnt, dass ich einer Frau begegnet bin, die ihr ähnelt, dass sie über ähnliche Gestik und Mimik verfügt, dass sie schön ist und klug, dass sie etwas kleiner, aber auch um vieles mutiger ist. *Das kannst du mit mir nicht machen,* sagt sie. *Was immer dich bewegt, ich will dich,* sagt die andere. *Ich will die Welt mit dir,* sagt sie; aber am nächsten Tag ist vieles vergessen und der Erdkreis nicht mehr ganz so groß. *Was kann ich für dich tun, Paris, Rio, Tokio? Ich will ein Kind mit dir,* sagt die andere. Dass die eine immer zaudert und die andere nicht mit sich spaßen lässt, ich verstehe genug von diesen Dingen.

Am Tag darauf stehen wir unter einer roten Plastikpalme, sie trägt ihr Herz links, wo es hingehört, und ich trage es viel zu weit oben, zu nahe am Kopf, und immer habe ich dieses Gefühl, es müsste besser sitzen; es schlägt und windet sich, noch habe ich es nicht in die Hand genommen, es nicht angefasst, aber mein Name prangt in roten Lettern auf der Verpackung. Wir stehen vor ihrem Haus, die Nacht ist lau, ob sie mich überhaupt jemals bittet: *Hör nicht darauf, was ich sage!*

Und ich kann immer noch warten, ich bin einer dieser Männer, die man erobern muss, was nicht so einfach ist, wo doch diese Rolle den Frauen zufällt. Und sie schaut kurz hinauf zu der Palme, dass ihr vor Jahren die Katze aus dem Fenster gesprungen ist, nein, nicht gefallen, sie ist geradewegs auf die Palme zugesprungen, hat es aber nicht ganz geschafft. Und ob ich weiß, was ein Palmdieb ist, dass sie gerne einen besäße, dass eine Katze allein ihr Leben nicht ausfülle. Und ob ich weiß, dass sich der Palmdieb tagsüber in Höhlen verkriecht, dass er nachts über den Strand wandert und Palmbäume besteigt, um Nüsse anzukneifen. Dass er alles tut, um an das weiße Fleisch der Kokosnuss zu gelangen, aber auch vor anderen Früchten nicht Halt macht, dass er sogar Tiere anfällt und Kochtöpfe, dass sich sein Name von der Angewohnheit ableitet, sich alles einzuverleiben.

Und ich kann ihr nicht folgen, dass sie offenbar keinen Vergleich scheut, dass sie aber immer noch nicht weiß, wie schwer mir alles fällt, dass ich ungern warte und keine Kohlsprossen mag, dass ich mich niemals beuge, an keinen Gott glaube: *Ist das nicht genug?* Ob man eine Frau wie sie jemals vergisst, dass die Männer viel zu schnell vergessen, dass ich aber einer von der gründlicheren Sorte bin, wenn sie erst weg ist, werde ich mich ewig an sie erinnern. Ob sie sich überhaupt noch erinnert, dass ich Robert einst kannte, dass wir miteinander stritten, flüchtig und beiläufig, dass mir damals die ersten Zweifel kamen, ob ich ihm sein Leben durchgehen lasse (seine Mission, die er so nannte), dass sich die ersten Versprechen in mir regten, ihn zu töten, weil auch ich nur ein Mensch bin.

Und du sagst mir, dass du keine ausdruckslosen Gesichter erträgst, dass du so ein Gefühl hättest, als wärest du gar nie geboren; wie sehr mich die Frauen fürchten, den wortlosen Fremden. Und sie packt mich an den Schultern, nimmt mich am Kinn und umschlingt meine Leibesmitte. Wie sie doch eins wird mit ihrer Wut. *Du bist Wut,* sagt sie. *Du bist mein Ende.*

Einmal saßen wir im Gasthaus, ich aß etwas Leber und trank Bier, ob mir die Innereien eines Tieres so viel bedeuten, wollte sie wissen, wie man sich doch herablässt, in den Organen anderer herumzustochern, das passt doch gar nicht zu dir. Dass sie gar nicht wusste, wie sehr ich mich nach Nieren und Zungen, Hoden und Hirn verzehrte, dass ich oft alleine aß oder vorgab, keinen Hunger zu haben, damit ich niemandes Gefühle verletze. Ob ich mich noch an ihre Mutter erinnere, die eines Tages zu Besuch kam, wie sie mir die Hand reichte: *Angenehm!* Und du sagtest: *Mutter, das ist nicht Robert!* Und wie sie die Hand von mir ließ und sich abwandte, von dir wissen wollte, wo Robert sei, sie hätte ihn viel zu lange nicht mehr gesehen. Dass du mit deiner Mutter in die Stadt gefahren bist, um in Ruhe einen Kaffee zu trinken, dass du mich gebeten hast, dein Kind zu hüten, wo doch Robert nicht da ist. *Es wird dir keine Last sein,* sagtest du. *Nicht so wie ich.* Weil ich sie immer noch ungläubig musterte.

Und ich sitze mit dem Kind im Park und hole tief Luft, *mit deinem Kind wäre das nicht anders,* wusste sie noch. Dass es gerne spielt und stottert und stark nach Geschlecht riecht, dass es alles in seinen Mund nimmt: Steine, Müll und tote Vögel. Dass ich den ganzen Park von toten Vögeln säubern muss, nur weil dein Kind nie genug bekommt. Dass ich gerne alle Tauben einzeln in Käfige sperren möchte, dass ich sie in der Stadt aufstelle, um sie von harmlosen Passanten durchfüttern zu lassen, dass ich die Hunde und Amseln einfange, damit so ein Kind in Ruhe spielen kann.

Und später, wenn du mit deiner Mutter zurückkehrst, wird sie mir erneut die Hand reichen, mir zulächeln, dass ich mich überhaupt nicht verändert habe, dass sie noch weiß, wie ich um deine Hand anhielt und niedersank vor dem Vater und ihr, *auf die Knie, mein Sohn,* dass ich so freundliche Augen habe und ein Herz für Kinder. Dass ich dich und deine Mutter bald zum Bahnhof bringen muss. *Du tust es für mich,* sagst du, wo doch Robert nicht da, wo Robert überhaupt ist, möchte ich wissen. Und wir winken deiner Mutter, lächeln und sehen ihr vieles nach, dass ich nicht schon längst gegangen bin, du willst mir das hoch anrechnen. Und ich möchte gar nicht wissen, wie viele Männer ein ähnliches Schicksal erleiden, wie sehr es an den verbliebenen Kräften zehrt, jeden Tag Gutes zu tun, wenn man sich sein Leben nicht irgendwie aufbessern kann.

Und am Tag darauf stehen wir unter einer gelben Plastikpalme, sie trägt ihr Herz links, wo es hingehört, und ich trage es viel zu weit oben, zu nahe am Kopf, es schnürt mir den Hals zu, mein Kehlkopf ist geschwollen, ob mich jemand gewürgt hat, will sie wissen, und was der für Gründe hatte. Wir stehen vor dem Haus, in dem sie wohnt, und ich begleite sie bis vor die Tür, weil sich das gehört, und sie ist sich gar nicht mehr sicher, ob es zwischen uns eine Übereinkunft gibt, irgendeine Vereinbarung, dass ich sie von der Arbeit abhole und nach Hause begleite, weil ich mich danach besser fühle und sie sich nicht schlechter. Ob sie mich überhaupt jemals bittet: *Werde mein!*

Dass ich viel Geduld aufbringen kann, dass ich einer dieser Männer bin, mit denen eine Frau nicht rechnet, dass ich nie meinen Halt und nur selten die Lust verloren habe. Sie schaut kurz auf (zu der Palme), dass sie und ich wie zwei Palmdiebe sind, beinahe schon ausgestorben und immer nur geil auf Kokosfleisch. Und dass sie überhaupt nicht versteht, warum es in dieser Stadt so viele Hunde gibt, wo doch die Hunde der Tod des Palmdiebs sind. *Sie leben in einer anderen Welt und wir zwei Diebe in einer alten,* sagt sie.

Woher sie das nur weiß …

Kapitel 2

Dass ich mich für nichts schämen muss, hat die andere Frau gesagt. *Dass sie mich gar nicht verdient.* Und ob ich nicht mit ihr zu ihrer Familie fahren will, die seien wirklich gespannt, ob sie mich nur erfunden hätte oder endlich heimisch werde. *Meine Familie hält mich für leichtlebig,* sagt die andere Frau. *Meine Familie lässt mir diesen Willen.* Und ob ich überhaupt weiß, was sie will, was ihr vorschwebt, ob ich jemals daran gedacht habe, dass sie und ihr Wille ein Geschenk seien, das sie mir darbiete, dass sie alles für mich tun würde. Und ich kann sie benennen, wie ich will, und sie anrufen, wann ich will, und ich soll immer und überall mit ihr schlafen, um unser Revier zu markieren. Sie sagt: *Unser!*

Ihre Familie wohnt auf dem Land, und ob ich weiß, wie schön es auf dem Land ist, dass sie einen Wald besäßen und einen Teich, dass ihre Brüder gerne Holz bearbeiten und ihre Schwestern so schön sind wie sie. *Sie werden dich alle ins Herz schließen,* sagt die andere Frau. Und im Sommer können wir im Teich baden, wie Kinder können wir herumtollen und uns mit den Brüdern balgen und die Schwestern kosen, die Eltern sind an heißen Tagen kaum noch im Haus. Und ob ich mir vorstellen kann, mit ihr im Garten zu liegen, unter dem Mond und den Sternen mit ihr zu schlafen, hinter dem Haus mit ihr zu raufen, bis sie keinen Saft mehr hat und erschöpft einschläft, bewusstlos und blutig, bis sie das Gefühl hat, dass ich bleibe. Ob ich überhaupt eine Ahnung davon habe, was es bedeutet, aufzuwachen mit einer Frau, die einem zugehört, die sich einem Mann fügt, nicht weil sie es muss, nein, aus freiem Willen, weil sie keinen anderen Mann haben will, weil kein anderer Mann diese Nacht begreifen könnte. Und falls mir jemand ein Leid antun wolle, würde sie ihn strafen und ihre Brüder würden ihn stechen und ihre Schwestern würden ihm die Augen auskratzen und seinen Schwanz wund beißen und ihre Eltern würden dafür sorgen, dass er für immer verschwände, irgendwo im Wald, wo ihn nie einer fände.

Ob ich jemals schönere Brüste gesehen, ob ich je eine schlankere Taille umfasst habe, ob mir die Brüste und Beine ihrer Schwestern besser gefielen, denn damit könne sie leben und es bleibe in der Familie. *Dass du überhaupt nicht weißt, was Familie bedeutet,* sagt die andere Frau. *Dass mir eine Familie jeden Wunsch erfüllt!* Wenn ich Kinder wolle, würde sie welche gebären, so viele ich will, die Schwestern würden ihr beistehen und die Brüder würden mich ehren und wir könnten für jeden Buchstaben im Alphabet ein Kind in die Welt setzen, wo sie doch weiß, wie wichtig mir die Sprache ist. *Deine Kinder könnten über die Welt herrschen,* sagt sie. *So viele würde ich dir schenken.*

Ob sich die andere Frau noch erinnert, wie mein Leben so ist als Mann, wie die Männer in der Gegend herumlungern, Diebe der Tugend und Unschuld, Halsabschneider, deren Schritte man des Nachts kaum hört, balgende Schatten im Unterholz. Wie sie so sind, die Männer, die verstohlen und mit schweißnassen Händen nach Hause schleichen, die ihre Frauen betrügen, um nirgendwo anzukommen. *Mich würde es glücklich machen,* sagt die andere. *Wenn du nur glücklich bist!* Nicht die Liebe macht ihr zu schaffen, die Liebe würde sie einbringen und ich müsse nur da sein, alles würde sie in Kauf nehmen, wenn ich nur da bin. Und wie sie im Schlaf davon sprach, dass sie mich gefunden habe, dass sie alles und jeden mit Gewalt nehmen würde, um mir und meiner Vorstellung Genüge zu tun. Und morgens antwortete sie: *Dass ich noch ruhen soll,* sie würde das Frühstück ans Bett bringen. Und sie sagte: *Schlafe zu, Geliebter!*

Ob ich noch träume, wie sie mir die Rüstung anlegt, wie ihre Brüder die Pferde satteln, dass wir in den Krieg ziehen, weil die Männer sich zu bewähren haben, die Frauen kleiden uns ein und schütteln ihre nackten Brüste, damit wir wiederkehren nach geschlagener Schlacht. Weil sie dann nackt sein werden und uns mit Wärme überschütten. Und ob ich noch weiß, dass jene Männer, die umkommen, im Wald bestattet werden, an einer Stelle, wo kein Licht die dichten Kronen durchdringt, dass man ihnen tiefe Gruben gräbt, die mit Tannenzweigen ausgelegt werden, dass man ihnen die Beeren des Waldes mit ins Grab legt, dass man leise singt und ihnen Frieden wünscht. *Ihre Frauen gehören den verbliebenen Männern,* sagt die andere Frau. *Ich aber will niemandem anderen gehören! Du musst leben! Du musst töten, um zu leben,* sagt sie. *Alles andere hat keinen Sinn!* Dass du die Bögen und Speere der Feinde verachtest, dass du sie verlachst und dein Pferd ihre Reihen umpflügt, dass dein Schwert ihre Zungen versengt, das dunkelste und klebrigste Blut. *Nimm mich vor der Schlacht und bring mich fort,* sagt die andere Frau. Und wie sehr sie darin meiner ersten Frau ähnelt.

Am nächsten Tag stehen wir unter einer roten Plastikpalme, sie trägt ihr Herz links, wo es hingehört, und ich schultere ihre Tasche, sie ist schwer und wirft einen Schatten aus Lederimitat; ob ich überhaupt weiß, wie teuer echtes Leder geworden ist und was ein Kind heutzutage kostet. Dass es nicht leicht sei, Mutter zu sein, dass sie der ihrigen vieles verziehen habe, dass sie unendlich dankbar sei für ihr Kind, aber ein zweites käme ihr nicht ins Haus. Und wir verharren unter ihren Fenstern, im Sommer, wenn der Wind günstig steht, kann man sich dort noch vorstellen, wie der Wald riecht, das faulige Wasser des Flusses und allerlei Getier, *es gibt schon lange kein unbewohntes Land mehr,* sagt sie. Es gibt vielleicht andernorts dankbarere Menschen.

Ich begleite sie bis vor die Tür, dass ich ihr noch die Tasche reiche und eine Blume zum Valentinstag, sie schaut überrascht, aber ich bin so erzogen worden, einer Frau den Hof zu machen, das mag schrecklich altmodisch sein, fällt allerdings mit der Zeit kaum noch ins Gewicht. Ob sie mich überhaupt jemals tadelt: *Sie gehen zu weit, mein Herr!* Und ich kann weiter Geduld aufbringen, ich bin einer dieser Männer, störrisch und voller Flausen, dass ich mich oft verlaufe, liegt auf der Hand, dass ich keinerlei Berührungsängste habe und mir die Welt die Wangen küsst. Sie schaut empor zu der Palme, dass sie und ich Verschwörer seien, uns ist nicht zu trauen, weil wir mit dieser Welt fertig sind und mit der nächsten auch (und so weiter), aber keine dieser Welten ist schon so weit, das zu akzeptieren, uns zu akzeptieren, dass wir längst über sie herrschen müssten. Und dass sie überhaupt nicht versteht, warum es in dieser Stadt so viele Kinder gibt, wo sie doch kaum jemanden kennt, der noch Kinder gebiert, und ob diese Kinder zu uns geschickt werden, um uns aufzurütteln.

Ein Brief von Gott, sagt sie. *Hier, für dich.* Bei einem der Aufgänge zur U-Bahn sei ihr eine Frau begegnet, die stand reglos in der Menge, und als sie an ihr vorbeiging, steckte ihr die Frau einen Brief zu und sagte: *Das ist für ihn, von Gott.* Und sie sagte auch noch: *Er ist kein Gott!* Und als wir später beim Kaffee saßen, erinnerte sie sich an den Brief und überreichte ihn mir mit beiden Händen. Ob ich überhaupt weiß, dass man die Dinge mit beiden Händen berühren muss, wenn sie einem wichtig sind, dass eine Hand nicht genügt, eine Hand in den

Schritt zu legen, sei zu wenig, mit beiden Händen in die Vollen zu fassen, sie sagt: *Das ist Entschlossenheit.*

Es ist mein erster Brief von Gott an mich, ich bin sogar etwas gespannt, was er schreibt, weil man immer noch an Wunder glaubt, dass man sich manchmal etwas wünscht, das nie eintritt, und wenn es passiert, nicht auszudenken. Gott schreibt: *Ach, mit wem soll ich reden und wem soll ich Zeugnis geben? Dass doch jemand hören wolle!* Und sie schaut mir tief in die Augen, ob es gute Nachrichten seien, dann aber lacht sie und sagt: *Der Brief ist voller Spott.* Sie sagt: *Die Frau hat jedem einen in die Hand gedrückt. Ohne Adressat und Absender.*

Und ob ich überhaupt weiß, dass viele Menschen irgendeinem Gott Briefe schreiben und dass alle Briefe gesammelt und dass sie schließlich zur Klagemauer in Jerusalem gebracht werden, denn aus irgendeinem Grund landen sie alle in Israel. Dort sortiert man die Umschläge und legt sie in Fächer, eines von ihnen trägt die Aufschrift «Briefe an Gott», aber es sind auch welche an den Weihnachtsmann darunter. *Dass du mir nie was glauben willst,* sagt sie.

Ich erinnere mich gut daran, als ich Robert wiedersah, dass er etwas verloren wirkte neben ihr, dass er jede Menge Ideen und Pläne hatte, aber keinen Biss und auch kein Feuer in seinen Augen. Dass er sie wollte, wusste er, ob sie ihn wollte, war lange Zeit unklar; dass viele Dinge in einem Leben aus gar keinem bestimmten Grund passieren. Dass sie aus einem ganz bestimmten Grund passieren und man sich seinen Dämonen stellen muss. Und sie kam auf mich zu und fasste mich am Arm, dass sie mich nicht auf den Arm nehmen wolle, sie möchte mir was zeigen, ein Bild im Nebenzimmer, und ich soll mich doch wie zu Hause fühlen. Robert und sie leben schon länger zusammen, ob ich ein Freund seines Freundes sei, sie erkenne mich kaum wieder, ob ich alleine hier sei und dass Freunde von Robert nie alleine sind, und sie ist schließlich auch noch da. Damals kannte ich diese Leute gar nicht, kam zufällig des Weges, als ich ein Schild sah: *Zum Fest.*

Dass ich neugierig bin, ob sie überhaupt weiß, dass ich meine Nase gerne in Angelegenheiten stecke, die mich nichts angehen, dass ich einfach keine Lust mehr habe, etwas zu versäumen. Dass die Frauen neugierig sind, sie sagt: *Die Frauen müssen wissen!* Und ob ich schon darüber nachgedacht habe, eine Familie zu gründen, dass man dann am Besten verstünde, dass Wissen glücklich mache. Und wir stehen im Nebenzimmer vor einem der Bilder, es zeigt einen Mann und im Hintergrund eine Frau und die sitzt auf einem anderen Man und der Mann im Vordergrund ballt die Fäuste. *Das ist Spannung,* sagt sie. *Das ist die Vorsehung!*

Und später auf dem Fest trinken alle und sind ausgelassen und einige der Frauen tanzen und manche der Männer singen und klatschen, dass die Wände beben. Und eine ihrer Freundinnen hakt sich bei mir unter, ob ich tanzen will, dass sie mich noch nie gesehen habe, dass ein schöner Mann jedem auffällt; dass sie vielleicht nicht ganz so hübsch sei, aber sie hätte große Lust. Sie hat reichlich Wein getrunken, verträgt aber einiges, und ohne Wein würde ihr der Mut fehlen, mich anzusprechen, dass man als Frau immer viel zu lange wartet, bis sich ein Mann herüberwagt auf die andere, weibliche Seite, dass die Frauen schon längst tuscheln und die Männer nur singen und ihre Muskeln spielen lassen. Dass sie mich in den Mund nehmen will, ganz vorsichtig. Und sie zieht mich in ein kleines Zimmer vor den Toiletten, und als sie die Tür schließt und absperrt und an meiner Hose zerrt, klopft einer an, dass ihm schlecht sei, man solle Erbarmen zeigen, ihn auf die Toilette lassen, sonst könne er für nichts mehr garantieren. Dass es ihm schrecklich peinlich sei. Und dass er in diesem Haus alle Rechte habe. Und sie keucht: *Robert?!!* Und ist schrecklich wütend.

Dass die Frauen immer leiser wurden in den Jahren, und sie ist auch stetig leiser geworden (blieb aber schrecklich wütend dabei) und früher noch hätte sie Robert angeschrien und wäre ausfällig geworden und heute akzeptiert sie, dass es seine Wohnung sei, dass er hier ein gewisses Vorrecht habe und sie nur zu Gast sei. Und sie zieht mich in ein anderes Zimmer, wo wir am Fenster stehen und zu den Sternen blicken, dass die auch immer blasser werden im Laufe der Nacht; sie nimmt plötzlich ein Buch aus einem der Regale und wirft es hinunter auf die Straße, wo es aufschlägt, weithin hörbar. Sie sagt: *Robert sollte dort unten liegen!* Sie sagt: *Seine Bücher sind das Mindeste!*

Und ich stelle mir kurz vor, wie Robert da unten liegt, wie er blutet und zuckt, weil er noch ein bisschen lebt, wie er hochschaut zu uns und ich etwas hilflos mit den Schultern zucke und wie sie ihm nachruft: *Du hast es nicht anders verdient!* Dass man sich einer Frau nicht verweigern darf, wenn sie will, dass es besser sei, wenn kein Mann einer Frau etwas vorenthält, sie nicht abhält, sich hinzugeben, dass die Leidenschaft ein Geschenk sei, dass dies die Männer beherzigen müssen. Und dann geht sie wieder etwas trinken.

Und ich sitze noch eine Weile am Fenster, bin einer der letzten Gäste, zunächst noch ungebeten, am Ende bejubelt, nur mit Robert wurde ich nicht warm, er war auch viel zu betrunken. Später bringt sie mich zur Tür, alle sind längst gegangen und Robert schläft tief und fest, sie will meinen Namen wissen, ich sei ihr immer willkommen. Dann küsse ich sie, weil ich ohnehin schon viel zu lange gewartet habe damit, und sie sträubt sich, schlägt mir ein paar Mal gegen die Brust und tritt mich gegen das Schienbein, sie zerkratzt meine Wangen, aber immer noch küsse ich sie und dann küsst sie mich auch und sie küsst mich weiter und will mich gar nicht mehr gehen lassen. *So schnell küsse ich dich nicht mehr*, sagt sie. Und: *Du darfst Robert nichts sagen. Ich muss nachdenken*, sagt sie, aber sie meint auch genießen.

Ob ich weiß, dass die Frauen sofort erkennen, wenn es ernst sei, dass es sich von ihrem Rückenmark aus im Bauch ausbreite, dass man so ein Gefühl «Gewissheit» nennt und es die Männer von ihnen lernen könnten. Dass die Männer noch vieles aufzuholen hätten, wenn es darum geht, sich zu erklären. Wenn einer endlich über seinen Schatten springt, wo doch das Töten von Tieren in unserer Gesellschaft schneidige Fleischhauer übernehmen; Männer, die nichts anderes im Kopf haben, als Fleisch herbeizukarren, die keiner Frau so schnell etwas bedeuten und reichlich Fett auf den Rippen haben und zu viel trinken. Dass die verbliebenen Männer Zeit und Muße verspüren müssten, dass sie doch wirklich allen Grund hätten, sich anderswo zu beweisen.

Dass zwei Männer einer Frau nicht leicht fallen, es ist nicht verwunderlich, dass einem Mann die Frauen leichter von der Hand gehen, weil sie ihm weniger bedeuten, dass er seine Gefühle im Zaum hält und die Frauen sich viel zu schnell narren lassen. Aber das hier ist etwas anderes und ich bin keiner dieser Männer und sie ist eine dieser Frauen, die gar nichts mehr wundert.

Und als ich nach unten eile, durch das Stiegenhaus hindurch, und die Tür öffne, die mich zur Straße hin entlässt, betrachte ich zum ersten Mal ihre Plastikpalme, die vor dem Fenster steht, sie ist fast so hoch wie eine echte Palme, aber kein Vogel findet darin Halt. Sie steht am Fenster und winkt mir zu und ich stehe ungefähr dort, wo jetzt Robert liegen müsste. Dass mir ihre Freundin eine Telefonnummer aufgeschrieben hat, dass ich sie doch besuchen kommen solle, sie könne mir etwas kochen und mir die Gabel reichen und so weiter. Und sie steht am Fenster und schaut mir zu, dass sogar mir warm wird ums Herz, dass ich einen guten Riecher habe für die Menschen, es lässt sich nicht leugnen. Ob sie mich überhaupt jemals bittet: *Küss mich, Frohsinn!*

Sie schaut herab auf mich und die Palme, dass ich hinaufklettern könne, wenn ich wolle, aber das würde nicht genügen, bis zum Fenster fehlten dann immer noch zwei bis drei Meter. Ich müsste mir eben was einfallen lassen, aber sie würde stehenbleiben und warten. Und dass ein Palmdieb kein Problem hätte, die Palme zu erklimmen, der würde die Kraft seiner Zangen benutzen, um Stück für Stück hinaufzuklettern, aber oben wäre dann auch für ihn Schluss. Und ob ich weiß, dass sich der Palmdieb tagsüber in Büschen verkriecht, dass er nachts über das Land zieht und Palmbäume besteigt, um sich darin zu paaren. Dass er alles tut, um ans Ziel zu gelangen, dabei aber seine Würde wahrt, was nicht ganz einfach ist bei diesem plumpen und behäbigen Tier. Dass er sogar Kindern gefährlich werden kann und dass manche Frauen auf entlegenen Inseln glauben, dass ein Palmdieb die Potenz ihrer Männer steigert. Dass die Frauen ihm Fallen stellen und ihn zur Strecke bringen, dass sie ihn für ihre Männer kochen, seinen Panzer brechen, ihnen die besten Stücke servieren, um sich danach alles einzuverleiben.

Die andere Frau weiß, dass auch andere Mütter schöne Töchter haben, sie sagt: *Lass sie gehen! Sei mein!* Sie holt mich ab und wir fahren zum Fluss, wo sie schwimmt und mir ihre Geschichten erzählt, dass sie mit fünf dem stärksten ihrer

Brüder einen Zahn ausschlug, dass sie einst die schönste ihrer Schwestern küsste, dass sie für den Ernstfall übten und dass es einer ihrer Brüder zufällig sah und mitküssen wollte, aber sie hätten ihn mit Fußtritten verscheucht, lange noch über seine Unbeholfenheit gelacht. Die andere Frau kann gut schwimmen, sie kann weit tauchen, *ich habe das im Mutterleib gelernt,* sagt sie. Ihre Mutter war damals von der vielen Flüssigkeit verquollen, ihre Lider und Fingerkuppen waren geschwollen, aber ich mochte meine erste Heimat, schwamm gern darin und mit Hingabe. Nach ihrer Geburt ergoss sich alles im Kinderzimmer, wo sie die Mutter hinlegten zum Gebären; in einem breiten Schwall schoss der warme Saft hervor und der Vater nahm einen Lappen und wischte alles eigenhändig auf und mit einem Lächeln. Und die älteren Söhne standen ihm bei und sie brachten frische Eimer und Decken, während die älteren Töchter bei der Mutter standen, sie an der Hand hielten, mit ihr sprachen und sie zärtlich stupsten.

Und mich haben sie in eine weiche Decke gewickelt und neben die Mutter gebettet, wo ich still lag und mich wunderte, wo das Wasser hin und wo ich, was das für eine seltsame Welt war, voller leuchtender Augenpaare. Sie sagt: *Dass ich dich in dieser Welt treffen würde.* Sie sagt: *Ach!* Dann kommt sie zum Ufer geschwommen, wo ich sitze, setzt sich zu mir auf die Decke, ob ich sie abtrocknen oder dabei zuschauen will, sie ist nackt und schön, während die Sonne langsam tiefer sinkt.

Und später liegen wir uns in den Armen, sie hält mich fest und drückt mich gegen ihre Brüste, ob ich überhaupt weiß, dass sie noch nie nackt neben einem Mann lag, der noch seine Hosen und Socken und sogar das Hemd an hatte, dass sie es aber verstehe und nichts verderben wolle, dass sie warten könne, dass sie eine jener Frauen sei, die noch zuwarten können, weil sich nicht oft im Leben eine solche Gelegenheit bietet. Sie erzählt mir, dass ihr die Brüste mit zwölf wuchsen, dass sie eines Tages einfach da waren und blieben, fest und warm und in der richtigen Größe. Und dass ihr am Tag darauf die ersten Haare unter den Achseln wuchsen und dass sie sich am nächsten Tag ihre Scham rasierte, dass sie aber einen dichten Keil stehen ließ. *Ein äußeres Zeichen des Sieges,* sagt sie. *Weich und unberührt.*

Wie ich als Mann überhaupt ruhig bleiben kann, dass sie dieses Gefühl nicht mit mir teile, dass sie sich wünsche, die Wollust würde über uns hinwegfegen, dass diese Mann und Frau für immer eine. *Dass ein großer Krieg bevorsteht,* sagt sie; ich müsse sie zu ihrer Frau machen, wo doch kein unverheirateter Mann in die Schlacht ziehen darf. *Weil das deinen Tod bedeutet,* sagt sie. Und ob ich weiß, dass ein Mann mit einer Frau an seiner Seite das Leben verlängert (das sei statistisch bewiesen), ob ich überhaupt weiß, dass eine Frau ihr Leben verkürzt, wenn sie einem Mann folgt, dass sie ihn zu Kräften kommen lässt, während sie schwächer wird, dass sie es freiwillig tut und aus Liebe.

Und dass sie meinen Bogen führt und meinen Speer, dass sie das Schild hebt und das Pferd antreibt, dass man eine Schlacht nur dann gewinnen kann, wenn man jemanden liebt, weil sonst die Kräfte schon bald erlahmen, weil man zu schnell müde wird und den geworfenen Speer nicht sieht. Dass dieser wie nichts in den Körper dringt und einen Mann fällt, dass man sich im Staub windet, Blut spuckt und sein Haupt nie mehr heben kann. *Das ertrage ich nicht,* sagt sie. *Dich so liegen zu sehen!*

Die andere Frau weiß, was sie will, sie sagt: *Ich bin kein Kind mehr!* Sie wollte einmal Pilotin werden und später Ärztin und noch später hatte sie diese Idee, in die Arktis zu reisen, um an Expeditionen teilzunehmen. Und sie fuhr los und man hat sie lange Jahre nicht gesehen; dass man alles zunächst mit seinen eigenen Augen sehen muss, sie hätte früher nicht gedacht, wie sehr das einen Unterschied macht. Ob eine Frau wohl mehr sieht als ein Mann, der nur zwei Augen hat, wo doch eine Frau über vielerlei Talente verfügt. Sie kann erkennen, mit ihren Ohren und Antennen, dass ein Mann einer Frau ohnedies nichts vormachen kann, dass sie sich ihre Instinkte bewahrt hat. Sie sagt: *Bleib du ruhig bei deiner Wahrheit!*

Und sie erzählt mir, wie sie in der Arktis in einer Hütte lebte, ein halbes Jahr lang mit drei Männern und einer Frau, Forschern aus allen Teilen der Erde, und wie eines Nachts die Bären kamen, im Schneesturm die Tür aufbrachen und einen der Männer ins Freie zerrten, dass er sich tapfer wehrte, aber viel zu schnell starb. Dass die anderen Männer nach den Gewehren griffen, dass sie nervös waren und die Bären verfehlten und dass die Frau schrie und schrie. Wie sie hinauslief und ihr einer der Bären folgte, dass sie so schnell lief, wie sie konnte, aufs Wasser zu, wie sie hineinsprang in die eiskalte See und dass es ganz anders war als im Bauch der Mutter (kalt und leer). Dass der Bär ihr nicht folgte und in der Dunkelheit verschwand, sie erzählt mir, wie sie halb blind aus dem Wasser kroch, dass sie ihre Beine und Arme nicht spürte, dass sie zur Hütte taumelte, wo längst alle tot waren. Dass sie ein Feuer entfachte, dass sie alles verbrannte, was sie nicht zu ihrem Überleben brauchte ... die Kleidung der Toten und ihre Habseligkeiten und zuletzt die Toten selbst. Dass diese Wärme ihr Leben retten sollte. Dass der Tag anbrach und sie einen Funkspruch absetzen konnte, dass sich ein Hubschrauber auf den Weg machte, dass sie unterdessen über das Eis hüpfte, um nicht versehentlich irgendwo anzufrieren.

Und sie nimmt eines der Gewehre und lädt es und zieht los und tötet alles, was sich bewegt, sie schießt auf die Vögel und Robben, sogar auf die Luft und das Eis und plötzlich sieht sie einen Bären mit blutiger Schnauze, und als er sich ihr nähert wartet sie, bis sie ihm den Lauf der Waffe in sein Maul schieben kann, und dann erst schießt sie. Und der Bär ist nicht sofort tot, er wälzt sich und grunzt, sie zielt auf seine Augen und verschießt Kugel um Kugel, bis sich seine Augen schließen, bis er sich nicht mehr bewegt und seine Zunge hängen lässt. *Ich kenne keine Reue,* sagt sie. *Nicht mehr!*

Später liegen wir uns in den Armen, sie hält mich mit beiden Händen fest und schaut mich liebevoll an (mit beiden Augen), ob ich überhaupt weiß, dass sie noch nie einen Mann wie mich kannte, dass sie es kaum fassen kann und nichts überstürzen will, dass sie mich gerne küssen würde, aber sie wisse schon, sie darf nicht. Noch nicht. Sie sagt: *Noch steht sie zwischen uns.* Sie sagt: *Noch spüre ich Distanz, die wir gemeinsam zurücklegen müssen.*

Und dass ihr gestern auffiel, dass ihre Haare wieder glänzen, dass ihre Haut an Spannkraft gewonnen hat, dass sie feucht ist und voller Leben. Dass sie Hunger hat, Lust auf die unmöglichsten Dinge, dass sie wildfremde Passanten küsst, dass sie über Pfützen springt, dass sie stundenlang im Regen steht und jede Bekleidungsvorschrift missachtet; dass ihr die Tage in der Arktis nicht das Rückgrat gebrochen haben, dass sie den Klang ihrer Stimme liebt, wenn sie gähnt, dass sie den Schlag ihres Herzens spürt, wenn sie stöhnt, und bevor sie einschläft, hört sie ganz fern ein Glockenspiel.

Kapitel 3

Und es vergeht eine Woche und noch eine halbe und ich treffe sie mit dem Kind, dass sie zum Arzt gehen, dass die Stirn des Kindes glüht, dass es wohl krank ist und wirklich Hilfe benötigt. *Es ist nur eine Verkühlung,* sagt sie. *Es ist wie im Winter!* Aber es ist Sommer und das Kind hüstelt, dass es schwächelt, das sieht man, und dass es nicht mein Kind ist, das auch. Sie hat ihre Haare wohl länger nicht gewaschen, dass sie müde ist, wissen alle, dass ihre Hände zittern, ihre Lippen beben, dass sie an ihren Nägeln kaut, man kann gut erkennen, wie es ihr zu schaffen macht. Wie schön ich mir immer unser Leben vorgestellt habe … dass wir die Arme ausbreiten (wie die Schwebfliegen), dass kein Lichtstrahl zwischen uns fällt, weil wir so eng miteinander leben (wo wir doch so aneinander hängen). Dass dir kein anderer Mann etwas bedeutet, dass jedes Kind verhungert, dass wir niemanden brauchen, dies war mein Traum.

Nimm das Kind mal hoch, sagt sie. *Wie leicht es ist.* Dass sie es selbst nie hochstemmt, wie verwunderlich, dass ihr Kind nie etwas fordert, dass es nicht schreit oder weint, dass es sich fügt, dass es keiner mehr in der Hand hat (und sie wohl auch nicht), und ich frage mich, wer darüber entscheidet, ob so ein Leben eine Chance bekommt.

Ich nehme ihr Kind, halte es hoch (und weg von mir), Roberts Geruch hat sich allmählich verflüchtigt, das Kind riecht jetzt nach Pflaumen und Zwetschgen, *es ist frisch gewaschen,* sagt sie. Dass sich Frauen und Kinder waschen, wenn sie zum Arzt gehen, dass sich das gehört, dass sich Robert auch wäscht, aber selten unter den Achseln und noch seltener weiter unten und unter der Vorhaut hat er sich nur alle heilige Zeiten gespült, aber ein Mann wie er muss nichts, er muss nur die Fäuste ballen. Und wenn er sich aufrichtet, kann er seine Zehen nicht berühren, und wenn er sich hinlegt, dann auch nicht. Dass die meisten Frauen in seinem Alter viel beweglicher sind, weil zwischen ihren Beinen nichts spannt, *nicht so wie bei euch Männern,* sagt sie. Sie fasst mir kurz in den Schritt, aber den Kopf des Kindes dreht sie zur Seite und sagt: *Schau! Eine Taube!*

Und ich gehe mit ihr zum Arzt, natürlich weiß ich, dass die Männer viel seltener zum Arzt pilgern, dass die Männer nie krank werden und allen Widrigkeiten trotzen; und wenn sich ein paar Bakterien in ihnen verbeißen, liegen sie ständig einer in den Ohren und wollen bemuttert werden und die Frauen geben sich dafür her. Und wenn diese selbst erkranken, sagen die Männer: *Es ist nicht so schlimm.*

Ob ich überhaupt weiß, dass sie damals abtreiben musste, dass sie mich viel zu kurz kannte, dass sie in Panik war und Angst hatte (ich war ein paar Tage irgendwo in einer anderen Stadt), und dann sei sie in eine Klinik gefahren und dort habe sie es von sich getrennt. Und später hat es ihr Leid getan. Dass sie nichts über mich wusste, dass sie es heute nicht mehr machen würde, dass sie mich wenigstens hätte anrufen können, aber sie habe sich doch geschämt; dass sich Frauen überhaupt schämen müssen, wo doch für die Männer alles so einfach ist. Dass diese nicht bluten und Schmerzen im Unterleib und böse Träume haben, dass die Männer gerne von jungen Mädchen schwärmen (von blonden und rothaarigen) und dass sie sich nur sehr vage an ihre Träume erinnern.

Wir sitzen gemeinsam im Wartesaal, wo das Kind um einen Tisch kreist, immer und immer wieder, bis es zu nahe an eine der Kanten gerät, die ritzt ihm ein kleines Stück hervor aus dem Kopf, es blutet und weint und läuft zu uns und dann hält es sich an meiner Hose fest und hinterlässt blutige Flecken. Und sie entschuldigt sich plötzlich, als ob ich dem Kind böse wäre, dass mir doch nie in den Sinn käme, deswegen auszurasten, dass es doch nur eine Hose sei und ich sie mit 90 Grad waschen oder gleich eine neue kaufen könne. Der Arzt ruft beide zu sich, mich würdigt er keines Blickes, als ob ich gar nicht da wäre, als ob ich das Kind geschlagen hätte und es deswegen blutet, dass ihm nicht im Traum einfallen würde, meine Unschuld vor Gericht zu beglaubigen. Unterdessen meint die Sprechstundenhilfe, dass ich mich rasieren müsse, dass heutzutage vieles von der Optik abhänge und ein Lächeln würde mir dann viel leichter fallen.

Und es dauert eine ganze Weile, bis er die beiden wieder entlässt ... ich schaue währenddessen viel zu oft auf die Uhr, warum es wohl so lange dauert, dass das Kind vielleicht Vitamine brauche und frische Luft, man muss das Ganze nicht gleich dramatisieren. Natürlich fällt ihm auf, dass ich es eilig habe, dass ich offenbar (seiner Meinung nach) keine Geduld aufbringe und dass man sich das mit den Kindern früher überlegen müsse, ein gutes Beispiel solle man für die Jugend abgeben (aber wir seien selber doch viel zu jung). Und zu unerfahren. Und er fasst ihr väterlich an die Schulter, dass sie und ihr Kind in seiner Praxis willkommen seien, dass sie nächste Woche zur Kontrolle erscheinen mögen und die Welt bald wieder ins Lot komme.

Später sitze ich im Zug und mir gegenüber liest eine alte Frau etwas von Männern und Frauen, dass die Geschlechter einen ständigen Kampf ausfechten, dass sich die Rollenverteilung auflöst, dass eine Frau von heute ihren Mann steht und ein moderner Mann seine weiblichen Seiten pflegt und endlich Gefühle zulässt. Und dann will sie von mir wissen, was ich für einer bin; dass ihr erster Mann meine Augen hatte und der zweite die Statur und der dritte, sie sei sich nicht sicher, ich hätte möglicherweise sein Gemüt (der dritte war angeblich der Beste von allen). Sie träumt weiter.

Am nächsten Tag stehen wir unter einer schwarzen Plastikpalme, sie trägt ihr Herz links, wo es hingehört, und ich spinne meines in Trauerflor, trage schwer daran, dass sie eine vollkommene Frau ist und ich nur ein passabler Mann; dass ich langsam den Bezug zur Realität verliere und es besser wäre, mit allem aufzuhören, sich umzudrehen und nicht wiederzukehren. Wir stehen vor ihrem Haus, einer Festung mit vielen Fallen; man kann hier leicht die Orientierung verlieren, man weiß nicht, wohin man sich wenden soll, wo doch alles gut riecht und besticht und obendrein nach türkischem Honig schmeckt.

Und ich begleite sie bis vor die Tür, sie dreht sich noch einmal um, dass ein Mann eine Frau blind verstehen müsse, nicht immer, aber in bestimmten Situationen sei das der Schlüssel zum Erfolg; dass man mit Worten alles zerstören könne, ganz egal wie bedeutsam, wie gut gemeint sie auch sein mögen. Sie schaut überrascht, weil ich gar nichts sage, dass sie gar nicht wissen wolle, was ich denke, dass Männer aber ganz anders denken, dass sie Gehirnzentren nutzen, von denen eine Frau noch nie gehört hat. Ob sie mich überhaupt jemals bittet: *Entzückender! Richte nicht!* Und sie schaut empor zu ihrer Palme, dass sie und ich wohl nie ein Paar werden, dass ich es mir nicht eingestehen mag, dass wir einander viel zu viel bedeuten und genau das nicht für den Alltag taugt; dass sie überhaupt nicht weiß, was ich an ihr finde, sie ist nur eine Frau, und wäre sie die einzige auf der ganzen Welt, dann könnte sie es vielleicht noch nachvollziehen, aber dass sei sie nicht.

Ob ich mich erinnern kann, wie sie eines Tages abnehmen wollte, dass es zu einer fixen Idee wurde und ich es nicht ertragen konnte, weil sie immer dünner und schöner durch die Straßen schritt und bald schon so wäre wie ich. Da hast du gesagt: *Ich mag die Dünnen nicht.* Du hast gesagt: *Äußerlichkeiten sind mir egal.* Dass sich ein Mann immer gleich so verzettelt.

Einen Brief von Gott hat sie für mich, *hier für dich,* sagt sie. Am Montag werden viele dieser Briefe verteilt, damit das Spiel beginnt; sie lacht und sagt noch: *Vorsicht!* Und als wir später miteinander schlafen, erinnere ich mich an den Brief und versuche nicht daran zu denken, was darin stand: *Gib dein Bestes! Sei vernünftig! Zeig Nachsicht mit den Dünnen! Werde eins mit mir!* Sie sagt: *Das ist der Sieg! Dem Tod ein Schnippchen schlagen.*

Und dass die Männer ihre Toten wie Holzscheite schichten, einen über den anderen; ob ich überhaupt weiß, wie gefährlich das ist, weil man den Überblick verliert, weil später keiner mehr sagen kann, wie viele Tote schon da liegen und wie viele noch hinzukommen werden, bis es vollbracht ist. Dass die Frauen ihre Toten niemals aufschichten würden, dass sie diese zu Boden betten, einen nach dem anderen, in einer endlosen Reihe liegen die Leiber, dass sie keinesfalls weniger Tote zu beklagen hätten, aber sie wüssten ganz genau, wie viele es sind. Dass sie ihre Toten achten. Dass Dinge, die zu vielen das Leben kosten, niemals ungeschehen gemacht werden können. Ob ich überhaupt weiß, wie sehr sie sich manchmal den Tod wünscht, dass sie aber den Männern keine Gelegenheit bieten will, sie irgendwo abzulegen; Kraut und Rüben, Hinz und Kunz, dass irgendwo noch ihr Arm hervorlugt oder das Bein, dass sich ihr Fleisch mit anderem Fleisch mengt, wild wuchernd und unnatürlich. Dass sie sich wünschen würde, mir vertrauen zu können. Sie sagt: *Du bist einer von ihnen! Und ich werde es nicht sein, die um dich weint!* Sie sagt: *Zieh Leine! Armleuchter!*

Und die andere Frau zog um die Welt … als ihre Eltern davorstanden, sich scheiden zu lassen, packte sie kurzum ihre Sachen und war verschwunden, vom Erdboden verschluckt (wie die Ameisenlöwen). Und ob ich überhaupt eine Ahnung habe, was es bedeutet, das Wort «Scheidungskind»? Und sie und ihre Brüder und Schwestern hätten ganz genau gewusst, was es heißt, was ihnen blüht, und da war sie eines Nachts verschwunden und nach Kopenhagen gefahren, weil ihr der Name der Stadt gefiel, dass der Name «Kaufmannshafen» bedeute und Kaufleute seit jeher die Welt bereisten. Dass sie irgendwo auf einer Parkbank schlief und in eben dieser Nacht jemand der Kleinen Meerjungfrau in Kopenhagen den Kopf absägte, aber die Täter wurden nie gefasst. Und dass sie am nächsten Morgen vor der kopflosen Statue stand, dass sie weinte und ihr Gekreische ein paar Möwen anlockte. *Und ich wurde eine von ihnen,* sagte sie.

Sie fuhr mit dem Schiff über das Meer und immer weiter, bis sich ihre Spur ganz verlor, sogar ihren Namen hatte sie vergessen, sie konnte sich an keinen früheren Ort erinnern. Aber die Eltern bekamen es mit der Angst zu tun und suchten nach ihr und von Scheidung war später überhaupt keine Rede mehr, sie hätten alles getan, um sie wohlbehalten in die Arme zu schließen. Sie hätte in dieser Zeit viel gesehen und erlebt und auch kaum an ihre Eltern und Geschwister gedacht, aber als sie wiederkam (nach ein paar Monaten), war alles gut. Dass sich ihre Schwestern freuten, daran kann sie sich noch erinnern, dass ihre Brüder ganz aus dem Häuschen, sogar jener, dem sie einen Zahn ausgeschlagen hatte; und die Eltern waren selig, die Mutter hielt sie fest und der Vater umarmte sie und alle Geschwister sprangen wild durcheinander und dann sagte jemand: *Familie!* Und sie sagte: *Erfreut!*

Und am nächsten Tag haben der Vater und die Brüder ein Schwein geschlachtet, weil sich das ziemt, weil es etwas zu Feiern gab und auch die Nachbarn eingeladen wurden. Später war Sonntag und die Familie saß bei Tisch, man lachte und weinte (vor Glück), freute sich, dass die Tischrunde wieder vollzählig sei, dass so ein leerer Stuhl doch doppelt schmerze (oder mehr, als man zugeben möchte), dass sie damals eine Lücke hinterließ und man unendlich dankbar sei, sie zurück zu wissen. Dass sie auf dem Land längst verinnerlicht haben, dass man keine Kriege führt, wenn jemand vermisst wird, dass alle da sein müssen, wenn man zu Felde zieht; wenn nur einer dabei fehlt, wenn man sich nicht aller mit einem Schlag entledigen kann, dass es doppelte und dreifache Arbeit bedeute, dass es besser sei, den Mund zu halten, sich in Geduld zu üben und abzuwarten. Dass man so überhaupt Kriege vermeiden könnte.

Sie streicht mir über das Haar, sie fegt es aus der Stirn auf einen größeren Haufen, das macht sie akribisch und liebevoll, ich soll mich zurücklehnen und es einfach geschehen lassen. Sie schreibt mir gern Briefe, die sie nie abschickt, *sie lässt mir meinen Schmerz,* sagt sie. Es gibt keinen Gott. Sie sagt: *Die Frauen haben es entschieden.* Dass viele Männer gar keine Ahnung davon haben, wie sehr sie die Frauen fordern, dass man eine Frau zu nichts zwingen darf, dass die Frauen einst kleiner waren, dass sie breitere Becken hatten und die Männer gewichtige Schultern, dass sie Kinder zeugten, die schon bald laufen konnten und niemandem zur Last fielen. Dass ich sie küssen soll und fortan schweigen. *Der Stachel sitzt tief.* Sie sagt: *Nein, er ist sogar abgebrochen.*

Und eine der Schwestern erklärt mir, wie man die andere Frau küssen darf, dass sie alles andere lachhaft findet und wirklich unvereinbar. Dass sich ihr keiner von hinten nähern darf, dass man darauf achte, beide Hände gleichzeitig um ihren Nacken zu schlingen, bevor man sie küsst, dass ihre Nasenspitze empfindlich ist und man immer nur zwei Finger auf ihr Geschlecht lege, niemals drei oder nur einen. Und ihre Schwester ist eine gefährliche Frau (die es wissen muss), sie hat schon vielen Männern den Kopf verdreht, dass sie das gut kann, darüber spricht man überall, dass sie ein paar Männer lieber tot sehen wollen, dass sich viele schon um sie prügelten, aber sie lachte nur. Dass schon eine der Schwestern genügen würde, um ganze Männerscharen in die Flucht zu schlagen (und erst ihre Brüder und der Vater, der schon länger lebt als alle anderen und vor gar nichts mehr Angst hat). Die Schwester nimmt mich an der Hand und führt mich hinter das Haus, sie erzählt mir, wie die andere Frau im Haus auf mich wartet, dass sie morgen da sein wird und übermorgen, sie wird alle Tage auf dich warten, die dem heutigen folgen mögen; dass ich ganz großes Glück habe (auch wenn ich das als Mann nie begreife).

Ob ich noch weiß, wie man einen Mann in Verlegenheit bringen kann, dass die Frauen gern über die Größe sprechen und dass sich die Männer gern produzieren, aber insgeheim verunsichert sind, dass sie bei offensiven Frauen immer in Rückstand geraten, dass sich die Frauen gern darüber unterhalten, wie man einem Mann seinen Schneid abkauft, dass es nichts Einfacheres gibt auf der Welt. Dass eine Frau mit einem Mann Schlitten fährt, wann sie will. Sie sagt: *Eine verrückte Welt!*

Und ob ich mich noch erinnere, wie sie mir eines Tages zu verstehen gab, wie sehr sie Robert liebe, dass das etwas ganz anderes sei als die Liebe zu mir, dass mir Robert in vielerlei

Hinsicht nicht das Wasser reichen könne, aber er habe ein feines Händchen (und etwas Vorsprung). Und wie sehr sie diese Offenheit zwischen uns mag, dass sie mit mir über alles sprechen könne, dass sie weiß, wie unsäglich es anmutet, dass ich ihr bester Freund und Liebhaber und Mann sei (in dieser Reihenfolge). Um die Wahrheit zu sagen: *Du bist ein einziges großes Glück.* Dass sie sich als Einzelkind immer einen großen Bruder wünschte, dass sie mir das aber nicht auch noch zumuten wolle. Warum sie ein Einzelkind blieb, wer weiß das schon, dass sie ihren Eltern nichts vorwerfen darf, sie haben sich geliebt und geliebt *und ich war alles, was aus der Mutter hervorkam,* sagt sie. Dass sie bis heute immerzu in der Angst lebt, verlassen zu werden, dass sie nichts davon wissen will, alleine zu sein. Dass es manchmal heißt, Einsamkeit sei etwas Gutes, dass es nicht schade, seine Gedanken zu ordnen und den Weisen etwas abzuschauen, dass diese doch auch alleine leben, in ihren Bergen und Höhlen sitzen und mit Gott kommunizieren (und sogar das Essen verweigern), dass aber eine Frau anders vereinsame als ein Mann, es hätte wohl seine Gründe.

Ich sehe sie manchmal beten, kurz vor dem Essen oder nach einem besonders schönen Film oder wenn sie ein Geldstück findet oder wenn sie das Haus fegt, immer versucht sie es vor mir zu verbergen, als ob sie Angst hätte, mich zu vergrämen. Mit ihrem Kind betet sie jeden Abend, bevor sie zu Bett gehen, das kann ich mir lebhaft vorstellen, wie das Kind spielen will oder in seinen Ohren stochert, wie sie ihm die Hände faltet und es darum bittet, ihr nachzusprechen. *Gute-Nacht-Geschichten,* sagt sie, *die der liebe Gott für uns schrieb.* Und das Kind merkt sich alle Namen … Michael und Elias, Samuel und Magdalena, bald kennt es viele Geschichten und hofft, dass die Mutter irgendwann schönere zu erzählen weiß.

Und sie erzählt mir von der Geburt, dass sie unglaublich glücklich war dabei, dass sie als Frau nichts falsch machen konnte, dass sie sich wünschen würde, es wäre immer so. Dass es wehgetan hätte und an ihr zerrte, dass Höllenschmerzen sie aufschreien ließen, Augenblicke, an die man sich später kaum noch erinnert. Und wie sie die Ärzte unten berührten, dass sie behutsam waren, fast zärtlich, dass sie presste und presste und irgendwann einer rief: *Es ist da!* Und dann war alles vorbei und sie konnte es gar nicht fassen, dass sie nicht mehr im Mittelpunkt stand, dass schon die nächste Frau vor der Türe darauf wartete, entbunden zu werden; dass man ihr die Enttäuschung natürlich nicht ansah. Sie sagte: *Die Geburt war das Schönste von allem.* Sie sagte: *Eine Mutter wurde ich erst später.* Und sie erinnert sich noch, dass Robert draußen vor der Türe stand, sie hatte ihm verboten, den Kreißsaal zu betreten, weil sie die Aufmerksamkeit nicht mit ihm teilen wollte, dass er sie aus der Ferne schreien und toben und lachen hörte, dass er mit einem Blumenstrauß herumsaß, den er vor Aufregung vergaß, als er endlich zu ihr durfte. Als sie endlich Einlass gewährte.

Dass sie vor ihm lag und schwitzte, schön wie eine Frau eben schön sein kann (nach einer Geburt), ihr Geschlecht schmerzte und ihre Stimmbänder und die Augen lagen tief in den Höhlen und Robert stand verunsichert vor ihr und wollte ein Glas Wasser reichen und ihre Hand halten, aber nach dem Kind sah er nicht. Dass es ihm aber einfiel, als eine der Schwestern mit dem Kind ins Zimmer kam, es zu ihr ins Bett legte; dass er es vorsichtig musterte und dass das Kind weinte. Und wenn er es berührte, schrie es auf, und wenn sie es berührte, verstummte es. Dass sie sich damals gut ergänzten.

Und sie blieb die nächsten Tage im Krankenhaus, ob ich mich noch erinnere, wie sie mich anrief, dass sie die Zeit recht genieße, dass sich alle um sie kümmern und ihr Kind friedlich schläft, dass ich sie besuchen kann, wenn ich will, aber ich soll mich vergewissern, dass sich meine Besuchszeit nicht mit der von Robert überschneidet. Ob ich noch weiß, wie ich in ihr Zimmer kam und sie vor mir lag (mit dem Kind); und als mich eine der Schwestern sah, wollte sie mich an der Hand nehmen und nach draußen geleiten, weil das Kind von ihr trank und man jungen Müttern nicht dabei zusehen sollte. Und dann wollte die Schwester wissen, ob ich der Vater sei, aber eine andere Schwester stieß ihr sanft den Ellbogen in die Seite und sie wurde rot und entschuldigte sich. Und dann sagte sie doch: *Das Kind hat ganz Ihre Augen.*

Ob ich ihre Hand halten will, weil es kalt ist und ich immer warme Hände habe, dass sich das überträgt, meine Ruhe, der Himmel und die Erde und das Meer, bis man sie schließlich für selbstverständlich hält. Dass Männer für gewöhnlich kaltschnäuziger sind und dass Frauen damit leben, kaum auf der Welt tragen sie schon diesen Bewegungsdrang in sich, die Männer wollen erobern und begatten und einer Frau unter die Arme greifen. Ob ich mich daran erinnere, will die andere Frau wissen, dass sie eines Tages in meinem Viertel stand, nicht wusste, wo sie war, mit einem Stadtplan in der Hand die Gegend besah und dass die Hunde nach ihr schnappten, dass sie zurückwich und bald in die Enge geriet, dass ich auftauchte und die Hunde Leine zogen (dass später für jeden vertriebenen zwei neue kamen). Dass ich mich erkundigt hätte, ob sie auf der Suche sei und wohin genau sie wolle, dass sie sagte: *Danke!* Dass ich gelächelt habe und sie gleich wusste, dass ich viel zu selten lächle, dass man mir mein Unglück ansah. *Dass es Zeit ist zu gehen,* sagte sie. Und ob ich ihre Hand halten wolle, dass sie es selten jemandem gestatte, weil sich so auch Krankheiten übertragen; sie flüsterte es unversehens, ich konnte es nicht einmal mehr beschönigen.

Und sie erzählt mir, wie sie eines Tages nach Afrika fuhren, sie und ein paar Freunde, dass sie dort in Hütten lebten und das romantisch fanden, sie hielten Vieh und trieben Herden durch die Savanne und tanzten mit den Eingeborenen. *Und einer der Freunde ist Arzt gewesen,* sagt sie. Und die Eingeborenen hätten ihre Kinder zu ihm gebracht, wenn sie keinen Rat mehr wussten, dass ein weißer Mann viel mehr Kenntnis darüber habe, was in einem Körper vor sich gehe, dass ein weißer Mann die Götter besänftigen könne. Und er bat sie, nach Europa zurückzufliegen, um Impfstoff einzukaufen und Antibiotika und andere Medikamente, und sie tat es, weil sie ihn bewunderte und Gutes tun wollte; und viele der Kinder wurden zunächst gerettet, starben aber später an der Malaria. Und auch der Freund starb, es dauerte Wochen und Wochen, und er wurde immer dünner und schwächer und zuletzt wusste er nicht einmal mehr ihren Namen und weinte und rief nach seiner Mutter. Und die Eingeborenen hätten ihn schließlich bei sich behalten, ihn verbrannt und seine Asche über die dürren Felder gestreut. Und sie und die anderen flogen nach Hause und sprachen nie wieder ein Wort darüber. Dass sie Afrika einst liebte, daran kann sie sich noch schwach erinnern.

Dass ihre Brüder viel bessere Männer seien, als man denkt, dass sie einst wie Frauen erzogen wurden, dass der Vater darauf achtete, dass sie Mutter und Schwestern ehrten, dass sie es nie bezweifelten und wussten, wo sie hingehörten. Dass ihre Brüder gerne Röcke tragen, dass sie verinnerlichten, für wen sie in die Schlacht ziehen. Die andere Frau rief: *Wo wirst du stehen? Welches Banner wirst du hissen? Oder kennst du das Ende der Welt?*

Ob ich noch einmal über ihren Bauch streichen kann, ob ich noch weiß, wie die Vögel über unsere Köpfe zogen, weil sie auf die andere Seite wollten; sie wechselten das Lager, dass sogar die Tiere wissen, sie müssen eine Wahl treffen. Dass die Männer kaltherzig und herrisch sind und die Frauen damit leben, kaum auf der Welt wissen sie schon, dass sie mit ihrem Herzen alleine dastehen, dass sie nicht glücklich werden, dass sie ein Unglück bestenfalls verlangsamen können. Ob ich mich noch erinnere, sagt die andere Frau, wie sie eines Tages in meinem Viertel stand, nicht wusste, wo sie war, dass sie eine Waffe zog, aber keiner konnte erkennen, um welche Waffe es sich handelte. Dass niemand Notiz von ihr nahm, dass nicht einmal die Hunde Verdacht schöpften und achtlos an ihr vorüber liefen (Bällen und Stöcken hinterher). Dass ich mich erkundigte, wie sie hierher kam, dass sie sagte: *Mach dich vom Acker!* Dass ich lächelte und sie gleich wusste, dass ich es ernst meine, dass es ihr den Atem verschlug, dass ihr niemand erklärt habe, dass die Liebe (so unwahrscheinlich es auch sein mag) möglich sei, wenn zwei über ihren Schatten springen, dass aber auf jede Liebe tausende gescheiterte kommen. Dass sich Männer und Frauen allzu oft hassen, dass sie es miteinander versuchten und ein paar Jahre zurechtkamen und einander heute doch den Tod wünschen.

Und ob ich sie an der Hand nehmen will, dass sie es selten jemandem gestattet, weil ihr die Berührung eines Mannes Schmerzen bereitet, dass sie deren Haken und Schliche nur zu gut kennt. Und ich nehme sie an der Hand, die sich weich anfühlt, eine Hand, die so weich ist wie das Fleisch der Jakobsmuschel, wir berühren einander vorsichtig, aber auch forsch und voller Verlangen. *Dass sie mich liebt,* sagt sie. *Dass ich fortmuss an einen anderen Ort.*

Ob ich mich noch erinnere an das kleine Tal im Wald, dass ich über die Gräber der toten Krieger steigen müsse, dass der Wald danach lichter werde und eine Lichtung sich in den Fels bette, dass sich diejenigen dort treffen, die sich für das Leben entschieden. Dass zwischen den Bäumen allerlei Lebewesen darauf warten, die Flächen und Felder in Besitz zu nehmen, dass sie die Städte Stein um Stein abtragen wollen, dass nur die Wälder niemanden verurteilen. Die andere Frau sagt: *Dorthin ziehen die Überlebenden.* Sie sagt: *Die Vögel, das Wild, alle Tiere und Menschen, die sich zu entscheiden wussten.*

Kapitel 4

Am nächsten Tag stehen wir unter einer grauen Plastikpalme, der Regen habe sie ausgedünnt, sagt sie, der Sonne blieb anzukreiden, sie schien zu selten, und der Herbst nahm kein Ende (der Materialverschleiß war enorm). Und sie trägt ihr Herz links, wo es hingehört, und es ist nicht das ihrige, das dort baumelt, es gehört mir, mein Herz, das ich ihr einst schenkte, als ich jünger war und doch alt genug. Dass sie die vollkommene Frau ist und ich ein passabler Mann, dass sich Männer und Frauen überworfen haben, dass sie einander nur schwer ertragen und insgeheim dem anderen nach dem Leben trachten. Und ob ich nicht langsam den Bezug zur Realität verliere, dass ich viel zu wenig trinke, und der Weihrauch in meiner Wohnung macht das Kraut auch nicht mehr fett. Wie man seinen Träumen überhaupt noch gerecht werden kann, ob es einen anderen Weg gibt als jenen, sich Tag um Tag nach etwas Besserem zu sehnen, den eigenen Atem im Nacken? Dass es besser wäre, sich mit aller Kraft dagegenzustemmen, auf die Zehenspitzen zu stellen, dass man vielleicht dann weiter sieht und einen anderen Weg findet.

Wir stehen vor ihrem Haus, einem Turm mit verwitterten Zinnen, im Sommer, wenn der Wind ausbleibt, kann man hier schon jedwede Hoffnung verlieren; ob ich weiß, dass ein einzelner Schritt vielleicht mein Schicksal besiegelt, sie sagt: *Man weiß davon*. Sie sagt: *Was mit dem Körper geschieht!* Und ich steige hoch, immer höher mit ihr bis vor die Tür, sie dreht sich kurz um, sagt aber kein Wort, dass ein Mann einer Frau noch blindlings vertraut, wie lang ist das her (verwunderlich).

Dass es früher noch anders war, dass man heute mit quälenden Fragen alles zerstört, egal welche (gute) Absicht ihnen vielleicht zugrunde lag; dass das Fragen lange Jahre Philosophen und Königen vorbehalten blieb, und es war gut so, weil sich diese die Antworten leisten konnten. Sie schaut überrascht, weil ich nichts mehr sage, dass sie gar nicht wissen will, was ich denke, dass die Männer nur an das Eine denken, dass sie ihr Rückenmark und Teile ihres Reptilienhirns in Stellung bringen, dass sie mit Müh und Not die Blutversorgung sichern. Ob sie mich überhaupt jemals bittet: *Verschone mich!* Und sie schaut empor zu der Palme, dass sie und ich wohl nie ein Paar werden, dass ich viel zu sehr Mann und sie immer noch Frau sei, dass mich mein Weg immer weiter weg führt, dass sie nichts spürt, nichts begehrt, dass ihr Kind zu oft weint und Robert tief schläft, dass sie kein Frühlingsduft weckt, dass sie überhaupt nicht versteht, was ich an ihr finde. Sie ist eine Frau, und selbst wenn sie die einzige auf diesem Planeten wäre, uns würden immer noch Welten trennen.

Ob du dich noch erinnerst, als ich dir erzählte, wie es so ist als Mann, wie die Männer ihre Reden schwingen, wie ein jeder Mann alles besser weiß und dass er eine Frau nur vom Wesentlichen abhält. Und dass die Männer gut zu kämpfen wissen, dass sie ihre Waffen pflegen und den Frauen den Mund verbieten, dass man sie kaum hört, behutsam ziehen sie durch die Wälder, hoch die Flüsse, hoch die Gipfel, sie erkunden die entlegensten Winkel. Dass es so sein muss im Krieg. Dass man Kriege führt, um einander zu beweisen, dass man am Geschehen teilnimmt, dass man manchmal nur Kriege führt, weil man seine Frau wiederhaben will.

Dass die Männer den Wunsch hegen, über die Besiegten zu herrschen. Und dass sie einander einschwören, dass sie vom selben Stamm seien und dasselbe Blut in ihren Adern fließe, dass sie ihre Feinde vernichten müssen, um sie später (taktvoll) zu beweinen. Und wenn sie im Schlaf davon sprechen, dass ihnen eine Frau keine Wahl ließ, dass sie sich ein Leben lang redlich mühten, vielen Frauen den Hof machten, Kinder zeugten und sich für Familien aufopferten, dass nichts davon blieb, bis auf die verlorene Zeit. Und graue Haare, die man zur Zierde trägt, während man verinnerlicht, zum alten Eisen zu gehören. Und du antwortest: *Denk jeden Tag daran!* Und ich weiß genau, was sie meint.

Ich erinnere mich, wie wir einander beim Atmen zusahen, dass sie atmete, viel schöner als ein Mann, dass die Frauen begriffen, worum es beim Atmen ging, dass sie Leben gebaren und der Atem die Schmerzen linderte, dass ein Mann nur atmete, wenn er sich mühte, was er oft tat (und aus niederen Beweggründen). Und dass sie einmal einen Mann sah, der ihr hinterherlief und dass dieser Mann keuchte und schwitzte und dass sie, als er um die Ecke bog, gegen sein Schienbein trat und ihn in die Weichteile biss, dass er quiekte und sein Ziel aus den Augen verlor. Die andere Frau sagte: *Am Schopf packen! Die Messer wetzen!*

Und sie erzählt mir, dass ihre Brüder einst beschnitten wurden, dass es die Mutter tat, weil sie allen das Leben schenkte, dass sie ihre Söhne über alles liebte und die Brüder mit keiner Wimper zuckten. Ob ich überhaupt weiß, dass man zu einer Beschneidung einen Ochsen schlachtet, dass man von seinem Fleisch isst und sich labt und den Kadaver in den Wald trägt, dass die Raubtiere alles vertilgen, *es ist der Ausklang der Kindheit,* sagt sie. Und dass die Brüder zu besonderen Männern heranwuchsen, dass man ihnen die Haare rasierte und sie wusch, dass sie von aller Sünde gereinigt wurden, dass die Mutter nichts davon übersah.

Und ob ich mich noch erinnere, wie ich zum ersten Mal mit den Brüdern eine Herde auf die Weide trieb, dass wir um die Ochsen und Stiere im Kreis liefen und lauthals Befehle bellten, dass ich mich geschickt anstellte, als hätte ich mein ganzes Leben nichts anderes getan, dass die Brüder anerkennend nickten. Dass jemand aus der Stadt nur schwer ihre Achtung gewinnt, dass die Menschen aus der Stadt zu viel Furcht zeigen vor großen Tieren. Sie sagt: *Die Stadt lebt mit der Angst.* Sie sagt: *Du musst das nicht.*

Und ich sitze mit ihren Brüdern im Gras, über uns zieht ein Hubschrauber seine Kreise, die Landschaft ist schön und erhaben, da muss keiner mehr einen Finger krumm machen. Einer der Brüder erhebt sich und schätzt die Entfernung, gut fünfhundert Meter Luftlinie, der Lärm der Maschine macht langsam die Tiere scheu. Ein anderer Bruder nimmt einen Stein, der liegt schwer in der Hand, ein großer Stein mit scharfen Rändern, den schleudert er hoch zum Piloten, trifft ihn beinahe und die Maschine dreht ab. Dass ein Mann einen Stein viel weiter schleudern kann als eine Frau, *dass aber ein von einer Frau geworfener Stein noch mehr schmerzt und viel leichter tötet,* sagt er. Dass sie früher gegen ihre Schwestern kämpften (wie Kinder eben so sind), und immer den Kürzeren zogen, dass sie ihre Kraft und ihren Mut bewunderten, dass die Schwestern gern wilden Tieren den Weg versperrten, um sie zu unterwerfen. Und sie erzählen mir von ihren ersten Frauen, dass sie unbeholfen waren und ihr Mann-Sein zur Schau trugen, dass die Frauen des Dorfes über sie lachten, dass der Vater grunzte und die Mutter kicherte, dass ihnen die Schwestern später zeigten, worauf es ankam.

Dass vielleicht auch andere Väter gute Söhne haben, sagt die andere Frau. *Aber schon einer meiner Brüder ist mehr wert als deine Stadt.* Sie holt mich ab und wir fahren zum Fluss, wo sie mit bloßer

Hand einen Fisch fängt und mir Geschichten erzählt … dass sie mit sechs dem schnellsten ihrer Brüder davonlief, dass sie der schönsten ihrer Schwestern die Haare kämmte, dass sie ihr den Spiegel hielt und ihre Kleider nähte, dass ihre große Schwester eine Göttin sei, nichts anderes möchte sie glauben. Dass die Brüder alle Frauen an ihr maßen, dass sogar die Frauen im Dorf ihren Blick senkten, wenn sie über den Platz schritt, dass sie die Zehen spreizte und sich über die Fußballen abrollte, dass sie niemals zu tief in den Schnee oder Staub sank (wie ein Rentier, vielleicht Dromedar). Dass sie dem größten ihrer Brüder die Zahnspange stahl, als er schlief, dass sie leise sein konnte (wie alte Priesterinnen) und behutsam, die anderen nannten sie gern die Späherin.

Die andere Frau kann gut schwimmen, sie kann weit springen, *hab das von meinem Vater gelernt,* sagt sie. Die langen Beine meines Vaters, die Beine und Gelenke und Muskeln und Fasern, die Schnellkraft und seinen Willen und viel mehr noch trägt sie in sich. Und die Wimpern und Worte und Hände und Schöße ihrer Mutter, ihre Ketten und Ringe und Nasen, dass ihre Mutter gut roch, dass sie sich gut daran erinnert. Nach der Geburt hätte die Mutter das Gesicht vor das ihrige geschoben, geatmet, sie angehaucht, dass ihre Augen beschlugen, dass sie zwinkern musste, dass die Mutter sagte: *Wie junges Glas! Spitz und durchsichtig!* Dass der Vater einen Lappen nahm und sie reinigte, dass seine großen Hände wie Kelche über ihr lagen, dass sie dunkel waren und heimelig. Dass die älteren Brüder ihre Zehen fassten und die jüngeren Brüder sich an den älteren festhielten, dass sie eine Kette waren und sie das jüngste Glied.

Und ob ich noch weiß, dass sie mich anrief (als Robert Geburtstag hatte) und mich zur Feier einlud, dass ich Nein gesagt habe und dass ihr das Leid tat. Dass ich Robert gar nicht aufgefallen wäre, man konnte sich gut verbergen in Menschentrauben; sogar ihre Freundin hätte gefragt, ob ich käme und dass sie unser Gespräch fortsetzen möchte. Und dann wollte sie wissen, worüber wir damals gesprochen hätten, dass ihre Freundin eine von der gesprächigen Sorte sei, dass sie sich dafür oft entschuldigen müsse, dass sie aber, wenn man sie besser kennt, ein guter Mensch sei (nur ihr Herz trägt sie auf der Zunge). Und dass sie den ganzen Abend an mich denken musste, dass Robert später brav die Kerzen ausblies, dass man tanzte und lachte und trank, dass sogar das Kind länger aufbleiben durfte, *es spielte mit den Haaren meiner Freundin,* sagte sie.

Sie habe von mir geträumt, wie ich rieche und schmecke und wie ich mein Hemd aufknöpfe und meine Hose ausziehe, wie ich sie nehme, gleich in der Tür, dass sie ihre Beine spreizt im Türstock, dass sie schwebt und ich ihr weiches Fleisch teile und ihre Kokosmilch trinke. Dass Palmdiebe gerne Milch trinken, sogar die einer Kuh, wenn sie Durst haben, dass sie sogar einer Kuh ins Euter kneifen, wenn sie ihnen zu nahe kommt. Dass Palmdiebe einen großen Hinterleib haben wie die Frauen, dass sie Stielaugen bekommen wie die Männer, dass sie sich mit ihren Zangen überall Zutritt verschaffen, wie im Krieg.

Und ob ich noch weiß, was ich getan habe, als Robert Geburtstag hatte, dass ich ihr erzählte, ich sei früher schlafen gegangen, aber sie glaubte mir kein Wort. *Dass du dich so herablässt,* sagte sie. *Wie ein Mann zu lügen.* Dass sie eine Party feierten, ihre Freunde und die Freunde von Robert und die Freunde seiner Freunde, dass es ein schöner Abend war, beinahe hätte sie Robert geliebt, aber sie hätte Nein gesagt. Dass sie Scharade spielten und ihre Freundin auf allen Vieren umherkroch, dass keiner erraten konnte, welches Tier sie darstellte, dass sie ihren Hintern nach oben streckte, das Kreuz durchbog und den Bauch einzog, dass einige der anwesenden Männer stichelten und einer sagte: *Der müsste man es mal besorgen!* Und dass dein Kind alles mithörte und wissen wollte, was die Tante besorgen müsse, und du hättest kein Wort gesagt, die Männer nur verächtlich gemustert und die wiederum hätten gemeint, dass so ein Kind nicht früh genug lernen kann. Und mir hast du später erzählt, dass du Robert gebeten hättest, seinen Freunden die Meinung zu sagen, dass sie vor seinem Kind nicht so sprechen dürfen, dass aber Robert nur gelacht hätte, dass so ein Kind nicht früh genug lernen kann. Und dann hast du mich angerufen und ich habe dich nicht gehört, weil ich betrunken vor dem Fernseher lag, dass du bis heute nicht weißt, wie ich mich verhalten hätte, dass ich bestimmt jemandem eins in die Fresse gehauen hätte, allen Männern und Robert und ihr. Dass ich das Kind genommen hätte, dass wir gefahren wären (die ganze Nacht durch) und später hinaus aufs Land zu Freunden von mir, dass sie überhaupt keine Ahnung habe, mit wem ich mich dort herumtreibe, aber es können keine schlechten Leute sein. Dass sie bis heute nicht weiß, wer meine Freunde seien, dass jemand wie ich gar keine Freunde haben könne, weil ich mich verwehre. *Dein Leben lang bist du doch ausgewichen,* sagt sie.

Dass sie davon träumte, meine Freunde seien die Engel und Tiere, dass man sie nicht sieht, sie einen aber schon, dass sie mit allen Sinnen und Wassern gewaschen sind, *wie du,* sagt sie. Dass diese Engel alles für mich tun, dass ich sie ausschicken kann, um das Gute zu schützen, dass ich sie als Kundschafter einsetze, dass sie die Wälder und Flüsse vermessen, dass sie über das Land ziehen wie Wolken, die keiner fassen kann. Dass keiner sich an sie heranschleichen kann, ohne dass sie es merken, kein Feind und auch kein Gedanke, dass sie Männer sind und Frauen, sich aber ganz anders benehmen. Dass sie keine Männer sind und auch keine Frauen, dass sie nicht einmal jüngsten Kindern ähneln, *dass sie so sind wie du*, sagt sie. *Dass niemand für dich gut genug ist.*

Dass sie nach der Party ihre Wohnung aufräumte, dass sie über Scherben stieg und getrockneten Samen, dass es hoch herging, als das Kind zu Bett musste, dass sie Robert nehmen wollte, dass sie aber nicht alleine waren und die Freundin ertappten, wie sie im Stiegenhaus einem der Freunde einen blies. Dass sie kehrtmachten und noch mehr tranken, dass das Kind wach wurde und nach ihr rief, dass sie dem Kind ein Schlaflied sang, aber ihre Stimme war rau und roch obendrein nach Alkohol. Dass das Kind unlängst wissen wollte, wie lang sie es stillte, dass es langsam in jenes Alter käme, wo es ihm Lust bereite, nachzufragen. Sie sagt: *Verdutzt, wie ich war.* Sie sagt: *Ich habe nicht gewusst, was ich antworten soll.*

Am nächsten Tag stehen wir unter einer goldenen Plastikpalme, sie trägt ihr Herz links, wo es hingehört, und ich kenne niemanden, dem es besser stünde, sie sagt: *Du trägst schwer daran. An meinem wunden Herzen!* Wir stehen vor ihrem Haus, dass sich eine Frau und ein Mann blind verstehen, es ist selten genug, dass sie wissen, wie glücklich sie sind. Und ich begleite sie bis vor die Tür, sie dreht den Schlüssel im Schloss, sagt kein Wort, dass ein Mann doch wissen muss, was sie will, dass eine Frau immer weiß, woran sie ist, wie oft doch ein Mann einer Frau keine Chance lässt. Dass die Männer einer Frau falsche Fragen stellen, dass sie stottern oder Vorträge halten, dass man ihnen den Mund verbieten müsse, wo immer es geht. Ob sie mich überhaupt jemals bittet: *Nimm mich in den Mund!* Und sie schaut empor zu der Palme, dass sie und ich später ein Paar werden, dass ich gut bin zu ihr und dem Kind, dass sie mir nicht glauben kann, dass es nicht stimmt, dass man mich ausschickte, um sie in die Irre zu führen; dass sie die Frauen richten werden. Und dass sie nicht versteht, was ich an ihr finde, *ich bin doch eine von denen, die deinen Tod wollen,* sagt sie. Und wäre sie die letzte Frau auf Erden, sie würde es vielleicht verstehen, aber so weit sind wir noch nicht.

Einen Brief von Gott hat sie für mich, *hier für dich,* sagt sie. Am Freitag werden viele dieser Briefe verteilt, damit die Woche gut endet, damit das Spiel beginnt (wer Briefe liest, hat noch etwas vom Leben). Und sie sagt auch noch: *Wahrheit oder Pflicht?* Und als wir später miteinander schlafen, erinnere ich mich an den Brief und ich versuche nicht daran zu denken, was darin stand ... dass die Liebe der Menschen endet, dass man frei werden kann von seiner Schuld, dass man reinen Herzens sein Schwert ablegt, weil es vollbracht ist. Sie sagt: *Das ist der Sieg!* Sie sagt: *Das ist der Anfang!*

Dass die Männer ihre Toten zählen, als wären sie Ziegen, dass sie berauscht sind und ungenau, dass sie keine Reue zeigen und dass Ziegen für sie keinen Wert haben, dass es genug gibt davon, und wie gefährlich das ist. Dass man so den Respekt verliert vor allem Toten, dass man den Respekt verliert vor allem Lebenden, dass die Frauen sich niemals so herablassen würden. Sie schaut mich an und sagt: *Bewahr dir deine Würde.* Und dann lächelt sie und lüpft kurz ihren Rock, dass sie sich daran erinnert, wie sie als junges Mädchen mit anderen jungen Mädchen im Kaffeehaus saß, dass sie Männer taxierten, dass die älteren Männer leicht aus der Reserve zu locken waren, darüber mussten sie sehr lachen.

Ob ich überhaupt weiß, wie sehr sie Männern manchmal den Tod wünscht, dass kein Mann mehr zur Ruhe kommen wird, sagt sie, weil sie es nicht anders verdienen, weil sie die Frauen missachten, und dass Robert sie nimmt, wann er will, und dass sie es früher auch wollte, dass aber für einen Mann einmal immer bedeute und dass er sie niemals gehen ließe und das Kind auch nicht. Dass sie sich wünschen würde, mir vertrauen zu können. Sie sagt: *Du bist auch einer von denen!* Sie sagt: *Ich werde es nicht sein, die um dich weint!* Und dann weint sie doch. Sie weint bis zum nächsten Morgen, an meiner Schulter lehnt sie und will ihr Kind nicht wecken. Dass Robert eine ganze Woche lang bei seiner Mutter ist, dass sie und ihr Kind die Stellung halten, dass Roberts Mutter sterben müsse, der Krebs hat sie angefressen, die wilden Tiere der Nacht taten ihr Übriges.

Am Tag darauf stehen wir unter einer silbernen Plastikpalme, sie trägt ihr Herz links, wo es hingehört, dass es sich gehört, sein Herz bei sich zu tragen, nicht in der Tasche oder unter dem Rock, dass ihr Herz doppelt so schnell schlägt, wenn sie mich ansieht, dass so ein Herz nicht lügen kann. Und ich kenne niemanden, dem ein Herz besser stünde, dass ich ihr meines schenken möchte, dass das Herz eines Mannes etwas größer sei, aber das einer Frau schwerer wiege. Sie sagt: *Du bist mir einer.* Dass sie die vollkommene Frau sei und ich ein passabler Mann, sie glaube fest daran und ihre Freundin weiß sogar, ich bin geil. *Und sie meint dich,* sagt sie. Dass sie ihrer Freundin keine Vorwürfe mache, keinen Groll hege, weil sie eine Frau sei und ich ein Mann. Ob ich nicht auch langsam den Bezug zur Realität verliere und ob es nicht besser wäre, dem Leben ein Ende zu machen, gemeinsam, ich und sie und ihr Kind. *Aber vorher tötest du Robert,* sagt sie.

Du nimmst eine Axt und schlägst ihn wund und dann bohrst du ihn an und nimmst einen Haken und dann schleifst du ihn zum Ufer und ziehst ihn durch schlammiges Wasser und drückst seinen Kopf zwischen die Algen, und wenn er sich wehrt, packst du ihn am Hals und drückst fest zu, bis der

Kehlkopf bricht. Dass ich darauf achten soll, keine Spuren zu hinterlassen. Du gehst auf ihn zu, er wird überrascht sein, sich nicht wehren, dass er stark ist, das weißt du, aber er ist nur ein Mensch und du bist Gott. Dass Gott alles Leben schuf und dass er es nehmen kann, es steht geschrieben und man kann das Wort ruhig für sich arbeiten lassen. Du nimmst seine Ausweise an dich und die Schlüssel und entledigst ihn seiner Kleider und lässt ihn treiben, dass er später irgendwo angespült wird und alle glauben werden, er sei im Krieg gefallen.

Dass ein Krieg kommt und nur wenige Männer davon wissen, dass sie es von ihrer Freundin erfahren habe, und die wisse es von einer anderen, die bei zwei Königinnen lauschte, die sich unter sich glaubten. Dass aber die Frauen sehr wohl fühlen, wann ein Krieg aufzieht, dass es zwischen ihren Schenkeln pocht und pulsiert und die Männer doch keine Ahnung haben. *Dass die Männer glauben, es gelte ihnen,* sagt sie. Und sie lacht, weil die Männer eigentlich Recht haben und doch immer glauben, es gehe bloß um die Wollust. *Dass ein Mann niemals weiß, wann es ihm endgültig an den Kragen geht,* sagt sie.

Du nimmst einen Bogen und zielst auf sein Herz, dass sein Herz vieles wegsteckt, aber das wohl nicht (Pfeile aus Eschenholz). Dass ich mich vorsichtig nähern soll, wenn er in die Knie geht, dass du einen zweiten Pfeil aus nächster Nähe in seine Leber rammst, dass ich mich davor hüte, ihm in die Augen zu schauen, dass er mich anflehen wird, ihn zu verschonen, *dass du an das Kind denkst und an mich,* sagt sie. Und dann nimmst du eine Schlinge und legst sie um seinen Hals und schleifst ihn die Böschung hinab, dass er schwer ist, viel schwerer, als man meint, und dass ich mich darüber nicht wundern müsse. Und dann drückst du seinen Kopf zwischen die Algen, und wenn er noch lebt, ziehst du die Schlinge fest zu, und wenn er dich schlägt, denk daran, dass er zwischen uns steht, dass man die großen Bäume fällen muss, damit die kleinen wachsen können. Dass ich mich hüten soll, ihn zu warnen, dass ich auf leisen Pfoten an ihn heranschleiche und ihm mit einem einzigen Hieb den Kopf spalte, dass er vornüber fällt ins Wasser, dass sich die Blutegel auf ihn stürzen, die Unken und Larven, die Puppenräuber und Kerbhalsigen.

Du gehst auf ihn zu und lässt ihn nicht zu Wort kommen, er wird überrascht sein, dich zu sehen, wenn er sich überhaupt an dich erinnert. Er wird sich wundern, nach mir rufen, dass ihn niemand hören kann. Du sorgst dafür, dass ihn niemand hören kann, verstehst du? Dass er stark ist, aber mit den Jahren träge wurde, dass ihm sein Rang nicht zusteht, dass bald der Krieg anbricht und einige von uns die Erde erben werden. Dass Gott alles Leben schuf und dass er es nehmen kann (wann er will), dass es keinen Gott gibt, dass es keine Rolle spielt, was wir glauben, wenn wir nur wissen, was zu tun ist. Du nimmst seine Ausweise an dich und die Schlüssel und lässt ihn liegen, wo er fällt, du darfst ihm keine Chance geben, Chancen hatte er genug. *Du bist der Sturm*, sagt sie. *Du bist das neue Zeitalter*, sagt sie. *Hör auf mich.*

Und wenn er ausbleibt, verlier nicht die Geduld, warte, er verspätet sich gern. Dass sie deswegen oft gestritten hätten, dass er niemals pünktlich sein kann, dass das Kind vor der Schule auf ihn wartet und er noch im Stau steckt oder telefoniert oder schläft, dass er viele Ausreden parat hat, dass sie ihm manchmal heute noch glaubt. Dass es keine Rolle mehr spielt, dass er oft Pech hatte, dass die Männer oft zweifeln, in Panik geraten und dem Pech nicht entkommen. Und wenn du wartest, zähl die Minuten und für jede Minute, die er zu spät ist, lässt du ihn leiden, er soll das Kind nie vergessen. Und mich.

Und dann knebelst du ihn und brichst seine Hände und Beine und Rippen und du musst es langsam tun, mit Ruhe und Sorgfalt. Und du schneidest sein Haar ab, verstreust es im Wind und lässt ihn im Unklaren, was weiter geschieht. Dass du dir ja Zeit lässt, dass er hoffen darf und beten, dass er nie betet, aber bestimmt daran denkt. Er wird dir erzählen, wie schwer er es hat im Leben, wie sinnlos sein Tod ist, wie sehr du dich irrst, er wird sagen: *Wir sind doch Männer! Brüder!* Und sie sagt: *Du irrst nie! Du kannst nicht zurück*, sagt sie. Dass sie mit dem Kind auf mich wartet, dass sie auf die Uhr schaut und singt, dass sie lauter singt, je später der Abend, dass ich ein rotes Tuch schwenken soll, wenn es gelingt, und ein schwarzes, wenn er nur tot ist.

Und ob ich noch weiß, wie wir einander damals nicht finden konnten, als wir uns in der Stadt verabredet hatten und sie ihr Mobiltelefon vergaß, dass wir aufeinander warteten, ohne uns verständigen zu können, dass wir aber wussten, was zu tun sei, dass wir einander trotzdem fanden. *Und genauso wirst du auch Robert finden*, sagt sie.

Du gehst auf ihn zu und lässt ihn keinerlei Absicht erkennen, er wird zurückweichen und vielleicht über die Böschung stürzen, wenn er nicht schon vorher auf dich einschlägt, ein Tier ist er, ein Marder, übel und drahtig. Er wird seine Zähne fletschen und heulen und sich um deine Beine winden, er wird dich mit seinen Armen fassen und deinem Hals viel zu nahe kommen (deinem schönen Hals) und bevor er ganz über dich hereinbricht, rufst du meinen Namen. *Und er wird stutzen,* sagt sie. Dass du Zeit gewinnst, er wird wertvolle Sekunden zögern und du kannst den Dolch unter sein Zwerchfell rammen; er wird mit dir stürzen, sich winden und über dir bluten und unter dir auch. Dass du ihm ein paar Fußtritte versetzt, wenn er vor dir liegt, damit das Leben schneller entweicht, dass sich das Leben eilig davonmacht aus seinem Körper, du musst nur entschlossen bleiben und darfst nicht zweifeln.

Dass Gott alles Leben schuf und dass er es nehmen kann, dass es keinen Gott gibt und es keine Rolle spielen würde, was Gott für Pläne mit uns habe, weil wir doch wissen, wo es hinführt, dass uns keiner mehr aufhalten kann. Du nimmst seinen Wagen und sein Mobiltelefon, lässt alles im Fluss verschwinden, dass du mir keinen Fehler machst, so kurz vor dem Ziel, dass du mir vorsichtig bist und zurückkehrst. Sie sagt: *Hör auf mich!*

Ob ich noch weiß, wie aus den Kindern Männer wurden, dass alles beim Alten blieb und dass irgendwann Schluss sein müsse mit der Bevormundung, dass ein neues Jahrhundert anbricht, eine andere Zeit, dass wir darüber entscheiden müssen, ob es eine Zukunft gibt. Die andere Frau sagt: *Zieh mit uns!* Dass ihre Brüder längst Schwerter schmieden, dass ihre Schwestern bald Lieder üben, dass sie einander stützen und kosen, von Stadt zu Stadt ziehen, Dorf um Dorf befahren, dass sie E-Mails versenden und Herden bilden, dass es immer mehr werden, dass jeden Tag, den ich zuwarte, tausend neue Streiter kommen, dass sie üben und kämpfen, in den Wäldern und Tälern, wo niemand sie sieht. Dass die Vögel sie warnen, wenn einer unversehens auftaucht, dass die Wölfe und Füchse einen einzelnen Mann leicht verjagen, dass im Sommer die Blätter vor ihren Blicken schützen und im Winter die Kälte. *Du siehst, wir haben es leicht,* sagt sie.

Und sie erzählt mir, wie sie über das Meer fuhr, dass sie zuerst den Atlantik querte und dann den Pazifik, dass sie die einzige Frau war auf ihrem Schiff, dass sie zwischen den Wellen trieben und die Besatzung ihre Arbeit tat, dass einmal ein Mann über Bord ging, dass sie es sah und um Hilfe rief, dass die anderen Männer ratlos im Wind standen, nicht wenden wollten, dass sie plötzlich ins Wasser sprang und zu ihm hinschwamm, dass er schlecht schwimmen konnte und sie ihn hielt (und wie er sich an sie klammerte) und seinen Kopf gegen die Brüste presste. Und die anderen Männer manövrierten das Boot und kämpften im Sturm, dass sie näher kamen und wieder verschwanden zwischen den Wellentälern, dass sie immer näher kamen und eine Frau nicht zurücklassen konnten. *Sie waren anständige Leute*, sagt sie. Dass es anständige Männer gibt, die man führen muss, dass sie schnell verstehen und folgen, dass sie jeder Frau folgen würden, die sie zu führen versteht, dass man diesen Männern keinen Vorwurf machen darf, weil sie selbst von anderen verraten wurden.

Und sie fuhr über die Meere und die Männer fischten und an manchen Abenden tranken sie in der Kajüte Rum und an anderen Tagen tranken sie Tee und hatten die Haare voller Salz, dass sich das Salz festfraß an ihnen, dass sie sogar salzig schmeckten. Wie Fleisch gewordene Tränen waren diese Männer und ein jeder Tag, der die andere Frau ihren Schwestern und Brüdern näher brachte, entfernte sie von ihren Fischern. *Dass sie natürlich nicht meine Fischer waren*, sagt sie. *Ich habe ihnen vergeben und sie haben mich aufgenommen.* Dass sie Garnelen sortierten und Tintenfische, dass sie den Beifang über Bord warfen und dass Haie im Kielwasser des Bootes schwammen, dass sie einmal einen Hai am Haken hatten, der sie verächtlich mit seinen dunklen Augen ansah, dass so ein Haifisch kein Bedauern kennt. Und sie fischten Sardinen und Makrelen und Wölfe und Hähne und sie fingen immer wieder von vorne an, bis der Bauch des Schiffes prall gefüllt war und sie ruhigen Herzens einen Hafen ansteuern konnten. Dass sie sehr still wurden, als der Hafen näher kam, dass sie anderen Menschen misstrauten, die nicht ahnten, was es hieß, auf dem

Meer zu leben, dass sie ihre Fracht löschten und rauchten, dass sie an Land sehr unbeholfen wirkten. Sie erinnerte sich, wie sie von Bord ging und die Reise sich dem Ende zuneigte, dass sie lange genug auf dem Wasser trieb, dass es Zeit war, umzukehren, nach Hause zu fahren, dass ihr ein jeder Fischer ein Geschenk machte ... der eine gab Tabak, der andere Salz, getrockneten Fisch und eine Perle. Und einer küsste sie auf die Wangen und ein anderer hielt sie umarmt und noch ein anderer setzte ihr seine Mütze auf, die sie warm hält im Winter und im Sommer vor der Sonne schützt. Und wieder andere sangen ein paar Lieder und der Steuermann sprach von Achtern und Luv, dass sie gut auf den Wind achten solle, dass er drehe und tückisch sei. Dass ein paar gute Männer beileibe nicht schaden, wenn sie den Mund halten und ihre Arbeit tun. Sie sagt: *Wie Recht ihr doch habt.*

Dass sie die Stadt querte und zum Zug lief, dass sie ihr etwas Geld überließen und verschlissene Kleidung, dass sie ihr ein Messer gaben und alles Gute wünschten. Dass der Messergriff abgewetzt und die Klinge dünn und biegsam war, dass sie den Haien damit ihre Bäuche schlitzten und die Klinge mühelos die raue Haut der Haie teilte, dass die Haut eines Menschen sich damit nicht messen konnte.

Und sie erzählt mir, wie sie in der Kajüte lag, ein halbes Jahr lang mit zwölf Männern, dass diese Männer noch echte Fischer waren, die kein andres Zuhause kannten, die auf dem Meer ihr Glück fanden und das Land nach Möglichkeit mieden. Und wie sie eines Nachts die Leinen einholten und allerlei Getier nach oben hievten, dass die Männer ihre Messer wetzten, Fische ausnahmen und einkühlten, dass sie Eis schaufelten und rohen Fisch verzehrten, dass sie sogar mit den Möwen teilten. Und dass eines Nachts ein großer Hai an der Leine hing, er schlug mit seinen Flossen gegen die Bordwand und weckte die Schlafenden, dass sie alle gemeinsam die Leine packten und mit dem Tier stritten, dass es sich tapfer wehrte und schließlich aufgab. Ob ich mir vorstellen kann, wie sie ihn an Bord zogen, dass es sich seinem Schicksal ergab, ein majestätisches Tier, dessen Zähne weiß schimmerten.

Und dass zwei Männer ihre Messer zwischen seine Kiemen legten, dass der Fisch etwas zappelte, plötzlich hochschnellte und einem der Männer den Arm abbiss, dass sein Blut sich mit dem Salzwasser mengte und dass er schrie und schrie und alle auf das Tier einstachen, so dass es ebenfalls verbluten musste. Dass sich die Planken des Schiffes rot färbten und keiner mehr sagen konnte, wessen Blut wo sei, dass der Fisch und der Mann eins wurden.

Sie erzählt mir, wie sie den Mann festhielt und wie sie ihm Rum einflößte, dass sie die Blutung zu stillen suchte, dass er kreidebleich vor ihr lag und die Beine nicht spürte, dass sie so lange Rum tranken, bis er tot war. Dass sie Totenwache hielten, ihn in Leinen packten und säuberten, dass sie seine Augen schlossen und ihm sein Messer ließen, dass sie im offenen Meer sein Leben nicht retten konnten. Und als es Morgen wurde und die ersten Sonnenstrahlen das Wasser in gleißendes Licht tauchten, ließen sie den Leichnam ins Wasser sinken, dass einer ein Gebet sprach und danach die Netze ausgeworfen wurden. *Ich kenne kein gewagteres Spiel,* sagt sie. *Kein einziger Fisch verfing sich!*

Die andere Frau nimmt meine Hand, sie tastet sie ab und beseitigt die Zeichen der Zeit (Staub und Blut). Ob ich mir vorstellen kann, mit ihr zu leben, ob ich dieser Mann sein kann, dass sie sich nichts sehnlicher wünscht, ein Haus und mich an einem der Hügel ihrer Kindheit, wohin der Krieg vielleicht nicht langt. Und sie küsst meine Wangen und küsst mir die Stirn und sie ist mir ganz nah, als sie die Augen schließt; und wie schön sie ist, dass doch kein Mann einer solchen Frau einen Wunsch abschlägt. Dass ich doch verrückt sein müsste, ihr einen Wunsch abzuschlagen.

Kapitel 5

Am nächsten Tag stehen wir unter einer purpurnen Plastikpalme, sie trägt ihr Herz links, wo es hingehört, und ich verfluche insgeheim jenen Tag, an dem ich sie traf, dass alles in meinem Leben viel leichter wäre, würde ich sie nicht kennen, dass man es doch als Mann besser wissen müsste, wenn man einer wildfremden Frau nachsetzt, dass sie nicht gleich Nein gesagt hat. Dass sie Ja sagen musste. Dass niemand die Zeit zurückdrehen kann, dass sich ein Mann überlegen muss, welche Konsequenzen sein Handeln nach sich zieht, dass man Männern und Kindern vieles durchgehen lässt, aber eben nicht alles. Dass sie und ihr Kind keinen Mann brauchen, aber nicht Nein sagen, wenn sich einer verfängt.

Dass sie die vollkommene Frau ist und ich ein passabler Mann, dass sie glücklich sein kann mit mir, dass ihr Kind Robert zu ihm sagt und nicht Vater, dass es einen guten Mann braucht, an dem sich ein Kind reibt, dass es sonst verkümmert und später vielleicht nur ans Töten denkt. Dass es genug von dieser Sorte gibt. Und ob ich nicht auch langsam den Bezug zur Realität verliere, ob es nicht besser wäre, gleich loszulegen, dass es keine Zeit mehr zu verlieren gilt, weil ein Krieg bevorsteht, dass die Frauen das längst begriffen haben und die Männer nicht daran glauben wollen. Dass die Männer gern mit den Säbeln rasseln und ihre Macht zur Schau stellen, dass sie um ihre Stellung fürchten und ein jeder Krieg ihre Macht schmälert, dass sie das zu Verlierern macht. *Dass es hart wird,* sagt sie. *Dass sie weich werden!*

Wir stehen vor ihrem Haus, dass wir einander im Mondschein begegnen, hat seinen Grund, dass die Welt schläft und die wachen Augen müde wurden, dass sich ein Mann und eine Frau nur noch in die Arme fallen, wenn es keiner erfährt, dass es Verrat bedeutet, wenn man einander zu nahe kommt, dass man sterben muss, wenn das passiert. Dass ein Mann gevierteilt und eine Frau verbrannt wird, dass man ihre Kinder verhungern lässt, dass man ihre Häuser brandschatzt und ihr Vieh in alle Winde zerstreut, daran hält man fest seit einigen Jahren.

Und ich begleite sie bis vor die Tür, sie dreht den Schlüssel im Schloss, ganz leise, dass ich ihr beigebracht habe, leise zu sein, dass ich mir schon früh etwas Klarheit verschaffte, wie mich das Still-Sein bewahrt, dass die Augen des Bösen fast alles sehen, aber die Ohren eben nicht alles hören. Wir sitzen in ihrer Küche und trinken Wein, sie legt ihre Brüste bloß und schiebt ihren Rock hoch, dass ich schauen, aber sie nicht berühren darf, dass sie lauthals stöhnen müsste, und wir das ganze Haus wecken würden. Dass sie Verdacht schöpfen könnten und ich mich im Schrank verstecken müsste (oder unter dem Bett), dass sie mich finden würden, dass ich eine oder zwei von ihnen töten könnte, aber dann würden sie mir die Kehle durchschneiden und sie müsste weinen. Dass sie ihre Tränen verraten, dass man sich auf uns stürzen würde, um ihr Kind zu töten (und mich), dass sie weiß, dass man immer nur eine oder zwei töten kann, bevor sie einen erwischen. *Dass es zu viele von ihnen gibt,* sagt sie.

Dass ihre Freundin noch an mich denkt, dass sie wissen will, was ich tue, dass sie leugnet mich getroffen zu haben, dass ihre Freundin nur lacht und ihr nicht glaubt, dass sie mir nichts beweisen kann, aber alles im Auge behält, *sie ist geil und würde alles tun,* sagt sie. *Dass sie mich ans Messer liefern würde und dich auch (und mein Kind)*. Dass sie nie Glück mit den Männern und folglich auch bei den Frauen einen schweren Stand hatte, dass die Frauen ihre Männer bei Fuß riefen, wenn sie kam. Dass die Männer ihre Hunde bei Fuß riefen, wenn sie diese streichelte, dass die Hunde ihre Schnauzen in ihren Schoß steckten und daran rochen und kaum noch zu bändigen waren; dass die Hunde einander besprangen, *der Rüde den Rüden und die Hündin mein Bein*, sagt sie. Dass sie alle Tiere in ihrer Nähe in den Wahnsinn trieb, weil sie unwiderstehlich roch. Dass die Frauen doch nicht danach riechen, dass sie manchmal auf Männer aus sind (das schon) und mit ihren Düften betören, dass sie jedoch keine Hunde anlocken, keine Fellknäuel und Stiernackigen.

Dass die Pferde scheuten und die Katzen kratzbürstig blieben, dass sich ihr Kind einmal eine Katze wünschte und an ihrem Rockzipfel hing, dass Robert eines Tages mit einem Kater nach Hause kam, dass er das Kind rief und dieses sich freute. Dass es gut ging, bis ihre Freundin auf einen Kaffee vorbeikam, dass sie ihren Mantel ablegte und der Kater dem Kind das Gesicht zerkratzte, dass er sich nicht mehr berühren ließ, von keinem außer ihr; dass ihre Freundin lachte und witzelte, dass sie eben eine Hand habe für Tiere. Dass es mit dem Kater nicht besser wurde und sie ihn eines Nachts in den Wald brachten, dass er im Unterholz verschwand und das Kind weinte, dass es ihm nachlief und sich zwischen den Büschen hindurch zwängte, dass es hinfiel und weinte. Dass sie eine Eule hörte.

Ob ich mich noch erinnere, wie sie Geburtstag feierten und zu einem Fest luden, dass sie und ihr Kind am gleichen Tag geboren sind, dass alle schon am Nachmittag kamen, um mit dem Kind zu spielen, *und abends brachten sie mir dann ein Ständchen*, sagt sie. Roberts Freunde und ihre Freunde und ihre Freundinnen und du. Dass sich Robert noch gewundert habe, dass er höflich blieb und reserviert, dass mich ihre Freundin in Beschlag nahm und sich immer wieder die Lippen leckte, dass sie manchmal unter dem Tisch ihre Hand zwischen die Beine klemmte und später daran roch. Dass es niemand sah, nur ihr war es aufgefallen. Dass sie Eifersucht verspürte. Und wie ausgelassen später alle waren, und einige der Frauen tanzten und andere tranken und spielten mit den Männern Verstecken und wieder andere rauchten und gaben sich gelangweilt und die meisten haben nur dich gesehen. *Du weißt gar nicht, wie gefährlich dein Spiel ist, dass du viel vorsichtiger sein musst,* sagt sie.

Und ihre Freundin hakt sich unter, ob ich tanzen will, dass ich ihr aufgefallen sei, immer wieder hätte ich mich in den Vordergrund gedrängt, dass ich mich im Hintergrund hielt und allen anderen den Vortritt ließ, dass ich doch wusste, sie würden den Kürzeren ziehen. *Dass dich die Männer deshalb nicht mögen,* sagt sie. Sie hat reichlich Wein getrunken, verträgt aber einiges, und ohne Wein würde sie zu Hause sitzen und die Welt hassen. Dass sie mich in den Mund nimmt, sie will schlucken und schlucken und später noch mehr Wein nachtrinken. Und sie zieht mich in den Flur und lehnt mich an eine Tür, dass ich laut sein kann, weil sie die Frau kennt, die da wohnt, und weiß, dass sie schläft; und wenn sie erwacht, muss sie mich teilen, wie unter Schwestern. Und ich stelle mir vor, wie es wohl wäre, wenn mich die Frauen unter sich aufteilen, dass ich jede Nacht in einem anderen Bett schlafe und mir keine Namen merke, dass die meisten Männer längst tot sind und die Frauen über die verbliebenen herrschen, dass die Männer wie Tiere erzogen werden, damit sie in der ihnen verbleibenden Zeit allen Freude bereiten.

Ob ich noch weiß, wie sie mir einen Brief von Gott mitbrachte, dass du verlegen warst und peinlich berührt, dass du es nicht glauben konntest, weil du an gar nichts mehr glaubst; dass sie nicht einmal weiß, ob ich an mich selbst glaube. An einem der Aufgänge bei der U-Bahn war sie einer Frau begegnet, sie sah mir in die Augen und als ich an ihr vorbeilief, rief sie: *Schwester!* Und dann musste ich stehenbleiben und den Brief an mich nehmen, ihr versprechen, ihn dir zu überreichen. Dass die Frau Handschuhe trug, daran kann sie sich noch erinnern, dass sie alt war, aber kräftig, dass sie nach Wein roch und Pralinen.

Es ist mein dritter Brief von Gott an mich, er zeigt sich besorgt und väterlich, dass ich seine Handschrift nicht lesen kann, dass mich jedes seiner Worte an einen Menschen erinnert, es ist ihm wohl egal. Gott schreibt: An die Ehrwürdigen! Gehorsam ist die größte Ehre, die es im Himmel gibt! Und der Friede ist das Ziel und darum sollt Ihr darauf bedacht sein, dass Ihr ihn immer im Auge behaltet, Witwen und Waisen in Schutz nehmt, wie Ihr es bisher getan. Und dies schreibe ich Euch nicht, weil ich meinte, Ihr hättet nicht den rechten Glauben, ich zweifle nicht daran, dass Ihr gut seid, ich schreibe es Euch zur Erinnerung, damit Ihr ritterlich Widerstand leistet. Und sie schaut mir tief in die Augen, ob es gute Nachrichten sind, dann aber lacht sie und sagt: *Es gibt keinen Gott.* Sie sagt: *Die Frauen haben es entschieden.*

Und ob ich überhaupt weiß, dass viele Menschen an Gott glauben, dass sie beten und bitten, weil sie mit Eigenverantwortung nichts anzufangen wussten, dass der Glaube eine Domäne der Männer blieb, dass die Frauen den Männern viel zu lange ihr Gefasel glaubten. *Dass sie Lumpen und Hurenböcke sind,* sagt sie. Dass die Erde schmal ist und der Himmel breit, dass die Frauen der Nährboden sind und die Männer der Regen, dass es früher Sinn hatte und heute zum Vergessen ist.

Dass im Krieg die Blätter scharenweise fallen, dass der Boden übersät ist von welkem Grün und Braun und morschen Zweigen, dass irgendwann Stille einkehrt, dass sich da und dort manches regt, aber keiner Gnade kennt. Dass viele noch nie einen Krieg erlebt haben, sich einen solchen gar nicht vorstellen können, dass es früher noch Kriege gab um Frau und Land und Gott, dass es niemals ums Ganze ging. Dass man einst Gifte aus Pflanzen gewann, dass man es Schlangen abzapfte und in die Brunnen der Feinde warf, dass man Skorpione und Hornissennester auf ihre Häupter herabregnen ließ, dass man alles Erdenkliche tat, um ans Ziel zu gelangen. Dass es Mittel und Wege gab, einen Krieg zu entscheiden, dass man nicht zaudern durfte, dass vielleicht ein einziger Arm eine Schlacht entschied und es auf jeden Bogen und jede Lanze ankam, sie sagt: *Gib dich keiner falschen Vorstellung hin.*

Und wenn du Robert siehst, nimm dein Schwert und stich ihn bei seiner Naht an, seitlich, dort ist er verwundbar, du tust es für mich und das Kind. Und wenn er fällt, beugst du dich über ihn und nimmst ihn dir zur Brust, *dass du mir entschlossen bleibst,* sagt sie. Achte auf seinen Dolch und hüte dich vor der kleinen Natter im Mund, die mich ein Leben lang vergiftete, die musst du fassen und abschneiden, damit sein Ende kommt. *Denk nicht nach über die Wahl deiner Mittel, du bist kein Mörder,* sagt sie. *Du rettest die Unschuldigen!* Und ich erinnere mich, wie wir beieinander lagen, wie unsere Schatten nach innen fielen, dass es nur noch diese beiden Körper gab, dass sie ein Kleid trug und ich meinen Arm um sie legte, dass über uns die Trauben hingen und Äpfel, dass ich die Pferde wiehern hörte und sie leise seufzte, dass sie flüsterte: *Keiner anderen Frau sollst du gehören!* Sie sagte: *Mir allein!*

Und am nächsten Tag stehen wir unter einer türkisen Plastikpalme, sie trägt ihr Herz links, wo es hingehört, und ich denke daran, was wohl wäre, wenn ich sie bitte, mich zum Mann zu nehmen, wenn ich die eine Frau darum bitte und der anderen die Wahrheit sage, es wäre eine Möglichkeit. Dass ein Mann nur eine Frau will, die ihn liebt, dass er aber keine Ahnung hat von Liebe, sagt die eine. Dass ein Mann nur eine Frau will, die ihn liebt, dass er aber keine Ahnung hat von Liebe, sagt auch die andere. Dass sich ein Mann täuschen lässt von seinen Vorstellungen, dass er sich zu schnell eine Frau ausmalt, die ihn (er)trägt, dass sich dieser Wunsch vervielfacht in den Jahren, dass sie schön sein muss und strebsam, kochen will und kosen, dass sie ihn nicht einengt und Kinder gebiert, dass sie diese erzieht, bis sie dem Vater folgen.

Sie schaut kurz hoch zu der Palme, dass ihr vor Jahren einmal ein Kanarienvogel entwischte, dass ihr Kind die Käfigtür offen ließ und sich der Vogel ins Freie wagte, dass er ins Wohnzimmer flog und in die Küche, dass sie ihn vorbeihuschen sah, sich nach ihm umdrehte, aber zu spät kam; er floh durch das offene Fenster nach Süden. Das Kind weinte und sie war wütend, dass er sie im Stich ließ, sie kann sich noch erinnern, wie sie den Vogel pflegte, dass sie seinen Käfig reinigte und ihn fütterte, dass er zahm war und ihr vertraute, dass er sie dennoch verriet. Sie versuchte das Kind zu besänftigen, nahm es hoch und streichelte seinen Kopf, das Kind vergaß schnell, aber sie blieb voller Hass, dass man sich schnell an jemanden gewöhnte, dass sie sich nie darauf hätte einlassen sollen. Dass Robert eines Tages nach Hause kam und ihr den Vogel zeigte, dass sie zunächst nicht wusste, was er meinte, aber dann hätte er ihn aus der Manteltasche gezogen, klein und formbar, dass sie und das Kind tagsüber Gesellschaft vertrugen und der Kanarienvogel wunderbar zu singen verstand. *Dass es wohl die unterschiedlichsten Formen der Liebe gibt*, sagt sie. Dass es eine Liebe gab zwischen ihr und dem Kind und Robert und mir, dass es einmal sogar eine Liebe gab zu Katern und Kanarienvögeln.

Und ob ich noch weiß, dass sie und Robert sich vor vielen Jahren verlobten, dass sie jung war und die Welt nicht kannte, dass Robert eine Reise buchte, dass sie auf eine entlegene Insel flogen und dort Quartier bezogen für zwei Wochen, dass sie über den Strand spazierten und im Meer schwammen, dass ihr die Einheimischen nachsahen, dass sie schön war und sehr verliebt. Und eines Abends kam ihr ein Palmdieb entgegen, Robert schlief schon und sie machte noch einen Strandspaziergang, dass der Himmel voller Abendröte war und der Palmdieb stehen blieb und zu ihr aufsah und seine Scheren schwenkte, dass sie neugierig näher trat und noch näher, dass sie ihn kurz berühren durfte, ohne dass er nach ihr schnappte. *Dass man seinen ersten Palmdieb für Gott hält,* sagt sie.

Und ob ich noch weiß, dass der Palmdieb tagsüber die Sonne meidet, dass er keine Angst hat vor den Menschen, dass er alles tut, um schnell zu sterben, dass er langsam ist und träge, dass er groß ist und schwer, dass ihn keiner übersieht und dass er immer noch klein genug ist, sodass ihn jeder töten kann. Dass die Kinder seinen Panzer auskochen und damit spielen, dass die Frauen mit Steinen nach ihm werfen und die Männer Netze auslegen, dass sie ihn durch die Luft wirbeln und mit Holzscheiten totschlagen, dass es heutzutage schon etwas Besonderes ist, einen Palmdieb zu erlegen, weil es nicht mehr viele von ihnen gibt. *Du bist mein Palmdieb*, sagt sie. *Du musst viel besser auf dich achtgeben.*

Und ich kann ihr nicht folgen, dass sie immer übertreiben muss und dabei keinen Vergleich scheut, dass sie noch immer nicht weiß, wie schwer mir alles fällt, dass ich mir ungern den Mund verbieten lasse, dass ich mich gerne erkläre und anderen den Garaus mache, dass ich weiß, wann es Zeit ist zu gehen und wann es sich lohnt, einen Krieg zu entfachen; dass ich kein Dörrfleisch mag und an keinen Herrn glaube: *Ist das nicht genug?* Ob man eine Frau wie sie jemals vergisst, dass die Männer schnell vergessen, aber ich bin einer von der unbelehrbaren Sorte, wenn sie erst weg ist, ein Leben lang werde ich dort verweilen, wo ich sie zum letzten Mal sah.

Ob sie überhaupt weiß, dass ich und Robert dieselbe Schule besuchten, dass man uns dasselbe beibrachte und dass wir dieselbe Luft atmeten, dass man uns lehrte, auf niemanden Rücksicht zu nehmen, dass man uns dazu erzog, besser zu sein und schneller. Dass er ein Jahr jünger ist und ich mehr graue Haare habe, dass er ein guter Schüler war und ich ein schlechter, dass sich unsere Wege in der Schule nie kreuzten, weil ich ihm aus dem Weg ging. Dass ich Robert einmal am Fußballplatz zusah, wie er sich anstellte, dass er grob war und rücksichtslos, dass seine Mannschaft immer gewann, dass ich nie Fußball gespielt habe, weil mir die Lust darauf gehörig verging. Dass Robert ein guter Sportler war, ausdauernd und kräftig, er hatte in der Schule seinen Rückhalt, dass die Mädchen seine Physis mochten und die Lehrer seinen Intellekt. Er kannte viele Frauen und es war abzusehen, dass er dich erobern würde, dass er irgendwann nachlässt und seine Tugenden sich in ihr Gegenteil verkehren, dass er zu viel trinkt und schlägt und schläft und das Leben mit ihm beschwerlich bleibt.

Und dass er eines Tages auf einen Schwächeren einschlug und später wahllos Mädchen und Kinder prügelte, die ihm vor die Füße liefen, nur um die Rangordnung unter Beweis zu stellen. Dass er bald den Kürzeren zog und von einem Älteren gerädert wurde, dass er leiden musste und man ihm die Zähne ausschlug, dass ihn das noch heimtückischer machte. Dass ich nichts sagen kann gegen ihn, weil es mir nicht zusteht, dass wir Rivalen sind deinetwegen und ich oft genug vom rechten Weg abwich, dass ich selbst meinem (guten) Gewissen viel zu oft ein Bein stellte.

Dass er dich früher traf und ich zu spät kam, dass er seinen Weg machte und dich mitzog, dass eine Frau einem Mann folgt, wenn sie ihn liebt und dass sie ihn einst tatsächlich liebte (so schwer ich es auch glauben kann). Dass sie heute lieber an mich denkt, *aber die Zeit ist gegen uns*, sagt sie. Dass die Zeit kein Freund der Frauen sei, dass keine Frau gern älter werde, dass die Männer gefälliger altern, schwächer werden, aber zeugungsfähig bleiben, dass sie selbst jungen Frauen noch die Leviten lesen, dass die älteren Frauen die Männer meiden und die jüngeren von ihnen lernen. Dass man mit der Zeit keine Wahl hat, dass man weiß, wie es endet. *Dass früher die Frauen glücklicher waren*, sagt sie.

Ob ich mich noch erinnere, es hieß «Schule fürs Leben», dass sich Robert alles gut merken konnte und ich längst vergessen habe, *weil du dich verwehrst*, sagt sie. Dass man uns beibrachte, einander zu belauern, dass man uns zeigte, wer unsere Feinde waren, dass wir uns in Kampftaktiken übten, uns verbargen, aus dem Hinterhalt zuschlugen, dass wir lernten, unsere Feinde zu umzingeln, dass wir im hohen Gras darauf warteten, sie zu zerschmettern. Dass es Kommandanten gab und Laufburschen und Krieger der Ersten Stunde und solche der Zweiten und Dritten, dass man in Wellen gegen die Phalanx der Feinde anlief, dass die Krieger der Ersten Stunde allesamt starben, aber letztlich den Sieg sicherten. Dass wir das täglich üben mussten, dass wir nur simulierten, aber mit blauen Flecken vom Felde zogen, dass es Gefangene gab, die man foltern durfte, dass die Feinde Röcke trugen, dass sie beweglich waren und schnell und dass wir wiederum schwere Rucksäcke trugen, damit allen einsichtig war, dass ein Sieg niemandem leicht fällt. Dass ich ein Krieger der Ersten Stunde war und Robert einer der Dritten, dass die Krieger der Dritten Stunde die Aufgabe hatten, Verwundete zu versorgen und dabei auch Gefangene machten, dass sie diese in tiefe Gruben warfen und auf sie herabspuckten. Dass sich beim Fall mancher den Knöchel verstauchte und klagte und dass die Lehrer riefen: *Weichei!*

Dass es Späher gab und Verdeckte, dass die Kundschafter die Lager der Feinde ausmachten und die Verdeckten die Lager infiltrierten, sich dort häuslich niederließen und Informationen darüber sammelten, wo die Schwachpunkte unserer Gegner lagen, wie viele sie waren und welche Taktik sie verfolgten. Dass wir Mathematik lernten und Physik, dass sich dies als nützlich erweisen könnte, dass wir Psychologie lernten und Sprachbeherrschung, dass sich dies anwenden ließe, dass wir Biologie lernten und Geografie, dass dies unser Vorteil sei und vieles mehr. Dass wir lernen mussten zu überleben, nach Essbarem zu suchen im Wald, dass wir gedrillt wurden, alles zu essen, was sich in unserer Kleidung verfing, dass die «Schule fürs Leben» kein Honigschlecken sei und wir eines Tages dankbar sein würden.

Dass wir manchmal widerliche Dinge aßen, um einander etwas zu beweisen, dass weniger mehr sei, ganz klar, dass wir zum Beispiel wilden Kren ausgruben, um ihn zu essen, dass er im Mund brannte und die Schleimhäute verätzte, dass so ein Kren alles lahmlegt, das Denken und Fühlen, dass man sich in Grimassen flüchtete und die anderen lachten. Dass wir Fotos von uns machten, um uns diese Gesichtszüge einzuprägen, dass wir sie uns gut merken sollten, denn diese Gesichter würden uns später am Schlachtfeld begegnen, bei den toten und sterbenden Gefährten, wenn sie wimmern und sich am Boden winden, und unsere Feinde stünden über ihnen und alle Gesichter würden verzerrt sein und fahl, wie nach dem Genuss von wildem Kren.

Ich erinnere mich, dass wir selten Tiere aßen und dass man sagte, ein Krieger kämpft mit vollem und mit leerem Bauch, ganz egal wie aussichtslos die Lage auch sein mag, dass man in der Not essen kann, was man tötet, dass das Überleben an erster Stelle steht, und über alles andere lässt sich reden. Dass keiner von uns wusste, wie Menschen schmecken, dass wir dachten, eine Frau schmeckt wie Schlagsahne und ein Kind wie Gelatine. Und dass die Männer wie alte Böcke oder Ochsen schmecken, dass es davon abhängt, wie gepflegt so ein Mann zu Lebzeiten war, dass man ihn zur Not mit kaltem Wasser abschrubben muss und dass es leichter von der Hand geht, wenn er noch lebt.

Dass Robert vieles beherzigt hätte, aber mit der Zeit wieder vergaß, dass die Schulzeit lange her war, dass sich Mädchen und Jungen verändern und kein Stein auf dem anderen bleibt. Dass man mir in der Schulzeit nichts vormachen konnte, ich hasste die Schule, weil dort manche schalten und walten durften, wie sie wollten, dass ich nichts gelernt habe, was mich später zu einem besseren Menschen macht. Und Robert tobte in den Gängen, sie fingen Singvögel und Eidechsen und manchmal einen Hasen, den sie durch die Schule trieben, dass sie dabei schrien und auf Touren kamen und das verängstigte Tier frontal gegen Wände lief. Sie hetzten die Erstklässler und ließen sie um ihr Leben bangen, dass manche die Schule wechselten und vom Regen in die Traufe gerieten. Robert fiel mir sofort auf und ich fiel bei Robert nie ins Gewicht, dass er mit Scheuklappen durchs Leben schritt, dass sie das nicht wundert, *er hat ein sehr schlechtes Gedächtnis*, sagt sie. Dass er den Namen ihrer Mutter vergaß, dass sie zu Abend saßen und aßen, der Vater sprach von der Politik und Wirtschaft und die Mutter von der Gesellschaft und Revolution und Robert sagte kein Wort, dass er selten eine Meinung hatte, dass er aber herzhaft lachen konnte, wenn sie auch nie wusste, was ihn erheiterte. Ich erinnere mich, dass die Krieger der Dritten Stunde einen eigenen Humor hatten, weil sie alles Schreckliche mit ansehen mussten und ihren Befehlen folgten.

Ob ich noch weiß, wie sie zur Toilette lief, dass sie immer warten musste bis zum Äußersten, dass sie jede Minute mit mir genoss, dass wir uns in der Vorstadt trafen, wo sie Robert nie vermuten würde. Dass sie zurückkehrte zum Tresen und ihr ein Mann folgte, dass sie sich setzte und der Mann mich musterte, dass ich mich erhob und der Mann langsam zurückwich, dass er sich nicht einfach umdrehte und es dabei beließ. Dass er sich vorsichtig der Tür näherte, sich auffällig gab und mich dabei im Auge behielt. *Ich habe gewusst, dass du ihm das Rückgrat brichst,* sagt sie. *Und er hat es auch gewusst.* Und du hast gesagt, ich soll warten, und dann bist du nach draußen und kamst nach fünf Minuten wieder und du wolltest nicht, dass ich dich berühre, dass du deine Hände noch mit kaltem Wasser spülen willst. Dass wir den Abend bei dir verbrachten und du mich durch die Wohnung führtest, dass sie schön war und hell, dass sich ein paar Käfige darin befanden, aber die Türen standen weit offen. *Und da habe ich gewusst, dass du über mein Leben bestimmst,* sagt sie. Und ich hätte nur gelacht und die Fenster geöffnet und wir sahen gemeinsam hinaus zu den Bergen und Hügeln, dass wir uns die Abendluft schmecken ließen, dass sie nur eine Stunde hatte und ich alle Zeit der Welt.

Und ob ich noch weiß, wie sie nach Hause fuhr und mich anrief, dass Robert ihr Kind geschlagen habe, dass es das erste Mal war, dass Robert sein Kind schlug, dass er zu ihr sagte, es habe Schlimmeres verdient. Und ich wollte, dass sie ihre Sachen packt und das Kind nimmt und zu mir kommt, und sie dachte an sich und das Eingeständnis ihrer Niederlage, und was Mutter und Vater sagen und was Robert seinen Freunden erzählt und ihren Freundinnen. Und ich blieb, wo ich war, und du hast gelacht über mich, aber eigentlich war dir zum Weinen. *Die Liebe macht dir zu schaffen,* sagt sie. *Deine Liebe ist meine Straßenbahn.* Und sie sei wieder einmal zu spät dran.

Dass die Männer ihre Toten einsammeln, dass sie die Gefallenen in Züge packen und dem Tod etwas Positives abgewinnen, dass die Brüder für eine gute Sache starben und ihrer Bestimmung folgten, dass sie eingehen ins Himmelreich und Frauen haben ohne Ende, dass sie als Dünger taugen und sich mit der Erde vermengen, dass darauf Korn wachsen möge und Mais und Rüben. Sie schaut mich an und sagt: *Glaub das nicht!* Und dann lächelt sie und lüpft kurz ihren Hut. Dass sie gerne Hüte trägt, der neueste Schrei aus Paris, dass man von den französischen Frauen einiges lernen kann, dass die jedem Mann den Kopf verdrehen, dass ihm der Tod danach leichter fällt. Dass sie sich daran erinnert, wie sie als junges Mädchen mit anderen jungen Mädchen Karussell fuhr, dass sie alte Männer taxierten, dass die älteren Männer leicht auszurechnen waren, sie bevorzugten Schwarz und Rot und Pink.

Ob ich überhaupt weiß, wie sehr sie allen Männern den Tod wünscht, *nimm es nicht persönlich,* sagt sie. Dass keine Frau glücklich ist (und sie kennt eine Menge), dass eine Frau glücklicher wäre, wenn ihr kein Mann in die Quere käme, dass die Frauen Opfer blieben und die Männer Täter. Dass sie Frauen schwängern und ihres Weges ziehen, dass sie jüngere Frauen bevorzugen und ältere sie anwidern, dass sie vielleicht ihre Mutter lieben, aber insgeheim nur sich selbst. Dass einmal für einen Mann immer bedeutet, dass er gerne im Mittelpunkt steht und große Reden schwingt, dass er schnarcht und selten die Socken wechselt. Sie sagt: *Aus deiner Haut!* Und sie lehnt sich an meine Schulter und will nicht mehr daran denken, dass sie nächste Woche zu ihrer Mutter fährt und diese sterben müsse. Dass die Ärzte nichts mehr für sie tun können, vielleicht noch ihre Schmerzen lindern, den Schweiß abtupfen, sich aber nicht mehr weiter um sie kümmern.

Am Tag darauf stehen wir unter einer rostroten Plastikpalme, sie trägt Make-up und scherzt, dass sich die Frauen bemalen, um in den Krieg zu ziehen, dass sie die Männer täuschen mit roten Lippen und falschen Wimpern, dass man listig sein muss und konsequent, dass der Glaube allein nicht mehr reicht. Und früher erkannte man noch an der Bemalung, woher man kam und welche Taten man vollbrachte, dass eine schwarze Hand vor dem Mund bedeutete, jemanden getötet zu haben, und eine weiße Hand darauf hinwies, jemanden verloren zu haben, den man liebte. Dass rote Lippen die Bereitschaft symbolisieren, Blut zu trinken, und blaue Schatten Unsterblichkeit verheißen, dass der gefährlichste Feind die eigene Angst sei. *Entschlossenheit,* sagt sie. *Sie führt zum Ziel.*

Dass sie die Vollkommenheit liebe und ich meine Freiheit, dass ich aufhören müsse zu glauben, ich könne noch etwas zum Besseren wenden. Dass sie mir keine Vorwürfe mache, dass ich eben bin wie ich bin, dass sich manche Männer gern durch ihren Willen auszeichnen. Und ob ich nicht langsam müde werde, dass sie jede Nacht davon träumt, zwischen zwei Fronten zu stehen, dass jene unter die Räder geraten werden, die sich für keine Seite entscheiden können. *Und zuvor tötest du Robert,* sagt sie.

Kapitel 6

Die andere Frau will mich sehen, dass sie an mich denkt und ihre Brüder leise sticheln, ob ich wiederkehre, und ihre Schwestern sich verkleiden, *sie mimen dich, damit ich mich besser an dich erinnere,* sagt sie. Dass sie das Vieh sortieren und in den Wäldern Beeren sammeln, dass sie Honig ernten und Dörrfleisch schlichten, dass sie manchen Abend vor dem Feuer sitzen und in seinem Widerschein darüber sinnieren, wie sie angreifen und ob es die Welt verändert. Dass sie Bäume fällen und Proviant sortieren, dass sie Pferde beschlagen und diese wild und ungestüm sind, dass die Hengste dem jüngsten Bruder mit ihren Hufen den Kiefer zertrümmert haben, dass er die Tiere (trotz allem) in der Schlacht nicht missen will. Dass die Menschen nahe den Wäldern noch Gespür haben, dass sie Regen und Schnee wittern und wissen, wann sie die Felder bestellen müssen, dass sie mit ruhiger Hand die Saat verstreuen und diese schnell keimt. Dass alte Frauen zum Aderlass bitten und jungen Hähnen die Kehlen aufschlitzen, dass sie mit dem Blute Tore und Wehren besprengen, um vor bösen Blicken zu schützen, auf dass die Tore und Wehren allem standhalten. Dass sich die Menschen wappnen und härten, wo sich doch die Zeichen mehren, dass die Zeit bald reif sei, es pocht an die Tür.

Und sie erzählt mir, wie sie eines Tages nach Indien reisten, sie und eine der Schwestern, dass sie sehen wollten, wie die Männer und Frauen in Kasten leben, dass sie die indischen Frauen herzlich aufnahmen. Dass sie später in Tokio waren und Los Angeles, dass sie nach Paris fuhren und Zürich, dass man doch wissen müsse, wie die Welt beschaffen sei und wo man den Hebel ansetzt. Dass unterdessen der Vater starb und die Mutter weinte, dass der Vater ein Mann der alten Schule war und die «Neue» nur Unglück brachte, *Menschen wie Robert und dich,* sagt die Andere. Dass ich doch einer wie ihr (Roberts Frau) nicht glauben dürfe, dass sie mit Robert lebe und Bastarde zeuge, dass sie vielleicht manchmal glaube, mich zu lieben, aber in Wahrheit keine Ahnung von der Liebe habe, wofür doch Robert der beste Beweis sei.

Dass es ihr widerstrebe, schlecht über Frauen zu sprechen, dass sie aber Opportunistinnen nicht ausstehen könne und diese nur Bosheit und Heimtücke in sich vereinen. Dass es eine Zeit lang gut gehen mag zwischen ihr und dir, dass sie dich einlullt und ihr Kind einsetzt, dass sie deiner Fährte folgen, um dich später über die Klinge springen zu lassen. Dass sie mit dir schläft, ich kann es deiner Haltung ansehen, dass du gebeugter bist und daran denkst, es wieder zu tun und immer weiter. Dass sie nicht zu dir gehört, erkennst du es nicht?

Dass sie einen Brief hat für mich von ihrem Vater, dass er allen auf dem Sterbebett etwas hinterließ, dass er dich mochte und dir ein paar Zeilen schrieb, dass er zu mir sagte: *Du sollst gut auf ihn achten.* Dass du stark bist und dir deine Würde wahren konntest, dass man lachen kann mit dir, bis die Erde bebt und du dich erhebst, wo sie doch sagen: *Bleib liegen!* Dass ihre Brüder von ähnlichem Schlag wären, dass der Vater von klein auf Bedacht nahm, sie ihrer Bestimmung zuzuführen, dass er sagte: *Bestimmung meint Überzeugung! Bin ich es nicht wert, dir mein Leben zu schenken?* Die andere Frau sagt: *Kann ich deinen Tod vermeiden?*

Und ob ich noch einmal über ihren Bauch streichen kann, ob ich mich erinnere, wie die Rehe an uns vorüberschritten, dass sie sich nicht stören ließen, dass später sogar ein Hirsch aus dem Wald trat und sich zwischen uns stellte, dass er alle Jäger hasste und seine Kühe schützen wollte. Dass aber sogar Tiere erkennen, wem sie vertrauen können. Dass er zu dir trat und deine Hand leckte.

Und ob ich mich noch erinnere, wie ich vor ihr Auto lief, dass sie einmal im Monat in die Stadt fuhr, um Gemüse und Brot am Markt zu verkaufen, dass sie bremste und die aufgeschichteten Körbe in Bewegung gerieten, vom kleinen Anhänger fielen und über die Fahrbahn rollten (Krautköpfe, Honigmelonen und Brokkoli). Und die lagen dir alle zu Füßen. Dass du dich entschuldigt hast und mir alles abkaufen wolltest, ich aber kein Geld annahm von dir, weil man kein Geld haben will von jemandem, den man liebt. Dass du noch heute darüber lachst. Dass die Straße abschüssig war und ich dich leicht hätte töten können, dass ich es bei jedem anderen Mann getan hätte.

Dass ich wissen wollte, ob sie immer so schnell zur Sache kommt, dass sie sagte: *Warum weiter Zeit verlieren!* Dass ich lächelte und sie gleich wusste, dass ich sie auch liebe, dass ihre Hände zitterten und ihr niemand erklärte, dass sich die Liebe unmittelbar äußern könne ... dass man schwitzt und riecht und sich im Schritt der Saft sammelt. Und ob ich sie berühren wolle, dass sie es selten jemandem gestatte, weil sie den Händen eines Mannes nicht vieles zugestehe, weil sie doch die wahren Beweggründe nur allzu gut kenne. Und ich nehme ihre Hand, die sich in die meine schmiegt, dass ihre Hand viel kleiner ist, aber die Knöchel einen Abdruck in meiner Handfläche hinterlassen, dass ich diese später ein paar Tage nicht balle, um sie möglichst lange in Erinnerung zu behalten.

Dass ich dich liebe, sagt sie. *Dass du nun zu mir gehörst.* Und ob sie mir ein kleines Tal zeigen darf, das sie seit ihrer Kindheit kennt, dass wir über die Gräber toter Krieger steigen werden, dass wir später den Wald zur Seite schieben müssen und die Toten die Wurzeln mitbewegen. Dass sie mir beibringen will, wie man in der Dunkelheit seinen Weg findet, dass ich doch in einer Stadt lebe und die Elektrifizierung des Landes mancherorts zu wünschen übrig lässt. Dass sie mich suchen würde, wenn ich verloren ginge, dass wir es aber lieber nicht darauf ankommen lassen. Die andere Frau sagt: *Ich weiß, es ist viel für einen Tag.* Sie sagt: *Die Zeit ist mit und gegen uns.*

Und sie zieht mich in die Breite und sogar etwas in die Länge, dass es keinen Grund gibt, es nicht zu tun. Und ob ich sie nackt sehen will, weil sie sich gern offenbart. Mir preisgibt. Dass ihr der Vater erzählte, dass die Männer und Frauen einst nackt aufeinander schliefen, dass der Mann unten lag und die Frau oben, dass man danach nie zur Seite rollte, niemals nebeneinander einschlief, weil man sonst zuließ, sich voneinander zu entfernen. Dass man sich von seiner Frau nicht abwenden darf, denn es ist der Anfang vom Ende. Dass man sich keinem Gott fügt und zu ihm spricht, dass man lieber seiner Frau huldigt, weil sie ein Tempel und aller Ursprung ist, dass ein Mann ohnehin zu nichts Besserem taugt ... zu jagen, zu ehren und zu töten (wenn's sein muss).

Und ich erinnere mich, wie wir den Wald betraten, dass sie alles sah und ich halb blind hinterher taumelte, dass wir einst in der Schule lernten, durch Wälder zu streifen, in Feldern auszuharren, dass wir mit Gras und Korn verschmolzen, aber immer waren wir Gruppen und Kampfeinheiten, die sich einten im Schwarm. Dass einer schnell in Panik gerät allein im Wald, dass es normal ist, ich soll mich kurz setzen und den Boden berühren, einen dunklen Fleck fixieren, denn in der

Nacht müssen die Hände sehen und die Waden hören. Sie sagt: *Lass dich nieder*. Sie sagt: *Erinnere dich!* Und sie führt mich tiefer in den Wald und die Bäume sperren sich und lassen mich spüren, dass sie etwas gegen Eindringlinge haben, dass ein Mann schnell die Ruhe stört und eine Frau nicht ganz so, dass Frauen zu Rehen werden und Männer zu Bulldozern.

Und ich erinnere mich an die Dunkelheit, worin sich ihre Gestalt verlor, dass ich sie kaum noch erkannte, dass sie leise sprach und mich durch das Unterholz trieb, langsam und beharrlich, dass sie zugleich Wald und auch Schlag meines wilden Herzens war, dass doch Tiere miteinander jagen, um restlos mit der Dunkelheit zu verschmelzen.

Und später sitze ich mit ihren Brüdern im Gras und die Schwestern kämmen allen die Haare, dass die meisten ihrer Brüder lange Haare haben und viele der Schwestern sie kurz tragen, dass wir auf einer Anhöhe lagern und unter uns eine Straße die Hügel teilt. Dass Autos vorbeifahren, Ausflügler und Familien und Leute mit Hunden, dass die Hunde manchmal in den Wald laufen und nicht mehr wiederkommen. Dass hier immer wieder Unfälle passieren und so manches Auto von der Straße abkommt, dass die Leute zu schnell fahren und sich überschlagen, dass es immer wieder jemanden aus dem Auto schleudert und er im Graben landet, dass er keinen Finger mehr krümmt und leise stirbt. Dass die Brüder manchmal Frauen retten und ihre Männer in den Wracks sterben lassen, dass die Kinder fast immer sterben und sie manchmal um diese trauern. Dass ein Mann einen Speer zwar weiter schleudern kann als eine Frau, dass aber der Speer einer Frau einen Körper durchschlägt, dass es daran liegt, dass sich die Männer im Töten bloß messen, die Frauen aber ein bestimmtes Ziel verfolgen (ins Herz treffen).

Die andere Frau sagt: *Ein kurzes Zögern bringt dich um den Verstand.* Dass man beim Töten an nichts denken darf, dass man fühlen muss und sehen, dass Entschlossenheit mitunter ein schöner Anblick ist und jede Frau, die tötet, erneut aufblüht. Und ob ich mich noch erinnere, wie mich einer der Brüder zu Boden schlug, weil er mich für einen gewöhnlichen Mann hielt; dass sie zu mir gelaufen kam, um mir auf die Beine zu helfen, dass der Bruder vor dir stand und die Zähne fletschte und die Faust emporreckte und du Blut gespuckt hast. Dass mein Kleid bald voll des Blutes war, es gerann im Gras und auf den bloßen Beinen des Bruders, dass er erneut zuschlagen und nichts hören wollte, dass er sich auf dich stürzte und du ihm dein Blut ins Gesicht gespien hast. Dass er einen Augenblick lang nicht sah und du seelenruhig einen Knüppel nahmst und ihn mit einem Schlag fälltest. Dass er zu Boden ging und eine große Platzwunde seinen Kopf zierte, du hast dich zu ihm gekniet und sagtest: *Ich bin ein anderer Mann.* Du sagtest: *Ich bin der Freund deiner Schwester.*

Und er kam bald wieder auf die Beine und lehnte sich an die Hauswand, die anderen Brüder kamen gelaufen, um dich zu beschnuppern, das Rudel teilte sich und der stärkste der Brüder reichte dir seine Hand. Dass du sie genommen hast, wie du auch mich bald nimmst. Dass das Blut des anderen Bruders einen Abdruck hinterließ im Mauerwerk und zu Boden rann und die ersten Fliegen daran saugten, dass die Wunde des Bruders genäht werden musste und deine Lippen geschwollen waren (und wund), dass ich sie mit Wiesenkräutern heilte und nicht einmal daran zu denken wagte, dich zu küssen.

Dass der Vater kam und wissen wollte, was passiert war, und du meintest, du seiest gestolpert im hohen Gras, und der Bruder meinte, er sei gestürzt im feuchten Laub, und der Vater gab dir eine Sense und dem Bruder einen hölzernen Rechen.

Dass der Bruder hinter das Haus lief, um Laub zu rechen und du vor dem Haus standest, dich auf die Sense lehntest und nicht wusstest, was zu tun war, wo du doch noch nie eine Sense in der Hand hieltest und das Gras sehr hoch stand; dass es dir fast bis zur Hüfte reichte und du all deine Kraft einsetzen musstest. Dass dir der Vater zusah und dir bald der Schweiß auf der Stirn stand, dass du versehentlich an deinen Lippen kautest und diese erneut zu bluten begannen. Dass der Vater die Sense an sich nahm und dir den Weg wies, dass man mit Kraft manches erreichen könne, aber nicht alles; dass man beim Mähen Körper und Hebelwirkung einsetzen müsse, nicht unbedingt Muskeln.

Und dann hast du die ganze Wiese gemäht und gelacht und über dir schien die Sonne und der Bruder kam mit dem Rechen und ihr habt das Gras in der Mitte der Wiese aufgetürmt, es roch nach Schweiß und frischem Grün. Und dann habt ihr eure Wunden befühlt und euch gemustert und ihr habt gewusst, dass ihr Brüder seid und in der Schlacht Seite an Seite kämpfen werdet, dass einer gern für den anderen sein Leben lässt, den Rücken freihält, die Speere abwehrt, dass sich der andere in aller Ruhe seiner Aufgabe widmen kann: Dem Töten!

Und die andere Frau führt mich zum Bach, gleich hinter dem Haus fließt sein Wasser, es strömt aus den Bergen und versiegt später im Meer, dass du es trinken kannst, wenn du willst, dass dich die Stadt vergessen ließ, vom fließenden Wasser zu kosten, dass dir dein Instinkt sagte: *Es wimmelt von Keimen und Bakterien*. Dass hier neue Regeln gelten und ich trinken kann, wann ich will. Dann schnellt ihre Hand vor, sie sticht in die Fluten und fängt einen Krebs, dass hier Forellen leben und Äschen, dass sie nahrhaft sind und allen schmecken, Männern und Frauen und Kindern. Und sie erzählt mir, wie ihr ein Krebs beinahe das Augenlicht stahl mit seinen Scheren, dass diese heimtückischer sind als Sicheln und Sensen, dass man sie unterschätzt und in der Hand einer Frau nicht weiter bedrohlich findet.

Dass sie dem größten ihrer Brüder die Lanze stahl, als er schlief, dass sie leise und wendig sein konnte, dass die anderen sagten: *Die Schilfgängerin!* Dass sie sogar im Schilf umherschlich, ohne aufzufallen, dass sie den Rohrweihen und -schwirlen und Wasserrallen und Bekassinen und Dommeln und Teichrohrsängern ihre Jungen stahl, dass sie Nester vertauschte und die Vögel gar nichts merkten. Und ob ich überhaupt weiß, wie spitz und hohlschliffig ein Schilf sein kann, dass ihr die Brüder einmal nachliefen und später vor Schnittwunden strotzten, dass sich im Schilf ein biegsamer Körper schneller zurechtfindet, dass es lange Beine braucht und einen flachen Atem, dass ein Mann keiner Frau ins Schilf folgen darf, er hätte nicht die geringste Chance; tief im Schilfgürtel würde er ermatten und in den Morast gesogen, eine Frau bräuchte nur abzuwarten. Die höchste Form der Liebe liegt vielleicht darin, diese für sich zu behalten und nicht einmal der Geliebten sein Herz zu öffnen; *empfange, wenn mein Leben vorüber ist, aus dem Rauch, der von meinem brennenden Körper aufsteigt,* sagt sie.

Die andere Frau kann gut schwimmen, sie kann laut singen, *hab das von meiner Mutter gelernt,* sagt sie. *Die kräftige Stimme meiner Mutter!* Die Stimmbänder und Lungen, die Reinheit und Hellsichtigkeit, ihren Willen und viel mehr noch trägt sie in sich. Und die Fäuste und Sehnen ihres Vaters, seine Nasenflügel und Kettenhemden, dass der Vater wusste, was er tat, als er sie zeugte, dass er sich zu der Mutter beugte und diese seine Bewegung in sich aufnahm, dass sie sich übertrug in die entlegensten Ecken ihres Körpers.

Nach der Geburt hätte die Mutter ihr Gesicht vorgeschoben, ihre Nasenspitzen berührten sich, dass es schön war, sie und ihre Mutter, dass nichts bestehen kann vor der Liebe einer Mutter zu ihrem Kind und sie alles tun würde, um sie zu beschützen, dass die Mutter sagte: *Junges!* Sie sagte: *Nackt und kratzbürstig!* Dass der Vater einen Lappen (aus Leinen) nahm und sie reinigte, dass seine großen Hände wie Zeltplanen über ihr lagen, dass die älteren Brüder ihre Zehen fassten und die jüngeren Brüder sich an den älteren festhielten; sie waren eine Kette, sie waren eine Armee, und sie das jüngste Glied.

Kapitel 7

Am nächsten Tag stehen wir unter einer hellgrünen Plastikpalme, sie trägt ihr Herz links, wo es hingehört, und ich denke daran, wie ich sie aufhalten kann, dass sie nicht gehen darf, nicht heute und morgen und nie wieder, dass ich älter und schwächer werde, dass mich böse Träume plagen, wo ich doch das Unheil spüren kann. *Dass ein Mann nur eine Frau küssen darf, die er liebt,* sagt die eine. *Dass ein Mann nur eine Frau küssen darf, die ihn liebt,* sagt die andere. Dass die Männer Nachkommen zeugen, um ihre Gene zu verbreiten, dass sie Söhne großziehen, um ihre Ansprüche über den Tod hinaus zu verwahren, dass sie Töchter begehren und Söhne bevorzugen; dass die Frauen Kinder gebären, um ein Gleichgewicht herzustellen, dass sie zu selten ihr Ziel erreichen.

Wir stehen vor ihrem Haus und die Nacht bricht an, ob sie mich überhaupt jemals bittet: *Gib dich nicht auf!* Und ich kann immer noch warten, ich bin einer dieser Männer, die sich zurücknehmen können, die wissen, dass keine Frau der anderen gleicht, dass man vielleicht einer das Herz bricht und diese sich rächt, dass sich eine rächt, ist gewiss, wann und wo ist vielleicht noch unklar. Sie blickt empor zu der Palme, dass ihr vor Jahren ein Hund entlief, dass ihr Kind die Wohnungstür offen ließ und der Hund sich in den Gang zwängte, dass er vorgab, etwas zu beschnuppern, dass er verstohlen in die Runde spähte und entschlossen davonlief, das Stiegenhaus hinunter, immer weiter bis zur Haustür, dass er Glück hatte und einer der Nachbarn gerade die Tür öffnete. Sie hatte das Nachsehen. Das Kind weinte und sie war erbost und verstimmt, dass er sie gerade heute im Stich ließ, wo sie doch Geburtstag feierte. Und sie kann sich noch gut daran erinnern, wie sie ihn aufzog, dass sie sein Fell pflegte und ihn gegen die Tollwut impfte, dass sie ihn fütterte und er nie genug bekam, dass sie Jahre gut genug war für ihn, bis er sich für die Freiheit entschied. *Dass er nicht überlebt ohne mich,* sagte sie. *Dass er verhungert und es ihm recht geschieht.*

Und sie versuchte, das Kind zu trösten, setzte es auf ihren Schoß und streichelte seinen Bauch, das Kind vergaß schnell, aber sie war voller Hass und auf sich allein gestellt, dass man sich viel zu rasch an jemanden gewöhne, dass man mit seinen Kräften viel besser haushalten muss. Dass Robert nach Hause kam und ihr den Vogel zeigte, dass man doch streng sein müsse zu einem Hund und alles nur ihre Schuld sei, dass ein Tier von sich aus niemanden respektiere und man ihm seine Grenzen aufzeigen müsse. Dass er eine gute Hand hat für Tiere, dass der Hund bestimmt wusste, was ihm blühte, weil er um ihn stets einen Bogen machte; dass sie es hinnehmen müsse (wie ein Mann) und eine Lehre daraus ziehe. Dass die Hunde und Kinder einander ähneln, dass sie ihn vielleicht jetzt besser verstünde, dass Erziehung auf Respekt basiere und Nachsicht niemandem weiterhelfe. Dass der Hund bald schon litt und alles bereute, dass er heulend durch die Gegend irrte, aber es war zu spät.

Und ob ich noch weiß, dass sie und Robert einst jung waren und verliebt und ihren ersten gemeinsamen Urlaub buchten, dass sie sich unter Palmen liebten und in der Abenddämmerung zueinander fanden, dass sie blutjung waren und er das Wort führte, dass sie über den Strand spazierten und im Meer schwammen, dass ihr die Einheimischen Blumen schenkten, dass sie schön und unverwundbar war. Und dass eines Morgens ein Palmdieb ins Zimmer kam, als Robert gerade duschte und sie Kaffee trank, dass Palmdiebe Kaffeegeruch mögen und nach Meer riechen, dass er Algen am Leib trug und voller Sand war, dass er zu ihr aufsah und seine Scheren schwenkte.

Und ob ich noch weiß, dass der Palmdieb tagsüber die Sonne meidet, dass er keine Angst hat vor den Menschen, dass er alles tut, um schnell zu sterben, dass er groß ist und schwer und sich gern in den Mittelpunkt drängt. Dass die Frauen mit Töpfen nach ihm werfen und die Männer Speere schleudern, dass sie ihn stolz schwenken und langsam sterben lassen, dass es heutzutage schon etwas Besonderes ist, einen Palmdieb zu erlegen, weil es nicht mehr viele von ihnen gibt. *Du bist mein Palmdieb*, sagt sie. *Du darfst nicht sterben!*

Und ich will ihr nicht übel nehmen, dass sie sich besorgt zeigt, dass ich manchmal über die Stränge schlage und mich in Gefahr begebe, dass sie noch immer nicht weiß, wie leicht es mir fällt. Dass ich mir ungern den Weg verbieten lasse. Dass ohnedies bald einer den Krieg entfacht und ein Mann die Schuld besser auf sich nimmt, dass ich an keinen Herren glaube: *Ist das nicht genug?* Ich bin gewiss einer von der unbelehrbaren Sorte und weiß, wie wenig mir Tränen nützen. Ein Leben lang wird mich alles an sie erinnern.

Ob ich noch weiß, wie sie über mich kam, dass wir im Zug saßen und gemeinsam ans Meer fuhren, dass sich die Waggons leerten und die Schaffner nur noch selten kamen, dass im Speisewagen die letzten Teller und Gräten abgeräumt wurden, im ganzen Zug roch es nach Hingabe. Wie sie sich zu mir beugte und ihre Brüste vor meiner Nase pendelten, dass sie ein leichtes Sommerkleid trug und es unser erster gemeinsamer Ausflug war, dass sie ihr Kind zu Hause ließ, in der Obhut der Freundin, ob ich mich nicht mehr erinnere. Dass sie mich haben will hier im Zug, mich spüren will wie Mandelsplitter, *wir ziehen die Vorhänge zu*, sagt sie. Gemeinsam an einem Strang.

Dass ich sie teile, und sie teilt es mit mir und atmet mein Ohr randvoll, dass die Frauen kaum Kraft einbüßen dabei, aber ein Mann weiß sich fast nicht zu helfen, dass ich mir die Kräfte gut einteilen soll, weil die Fahrt noch Stunden dauert. Dass wir einander viel zu oft verschwenden. Und die Schaffner eilen vorüber und niemand beachtet die zugezogenen Vorhänge, dass der Zug heftig rüttelt, ich kann mich erinnern, wie sie mir mit ihren Krallen ein Stück Haut abzieht, dass es nicht wehtut, nur stark blutet, dass sie auch zu bluten beginnt, weil sich ihre Tage einstellen. Sie sagt: *Zum letzten Mal unbeschwert.*

Ob ich überhaupt weiß, wie sehr ihr Ordnung missfällt, dass Robert die Ordnung liebt und predigt, dass ein Kind nicht früh genug begradigt werden kann, dass ein gutes Beispiel überall Schule macht. Dass sich das Kind versteckt und im Dunkeln fürchtet, dass Robert gern spät nach Hause kommt und viel trinkt, dass er sie weckt und zwischen den Laken poltert, dass sie ihm das Essen aufwärmt und früher doch gerne für ihren Mann kochte. Dass Robert darauf bestand, sein Kind auszutragen, dass er wollte, dass ich mit dem Kind zu Hause bleibe und nicht mehr arbeiten gehe, dass er gut für uns sorgen könne. Und ich erinnere mich, dass ich gerne zur Arbeit fuhr, dass mir ein gutes Gefühl blieb am Abend, nützlich gewesen zu sein und erwachsen und unabhängig.

Ob ich noch weiß, wie sie zu Hause Staub wischte und das Kind in den Windeln lag, dass es weinte, als es die ersten Zähne bekam, dass sie jeden Tag das Haus putzte und dabei lernte, Staub zu finden, wo gar keiner war, und wie sie langsam lernte, ihn zu unterscheiden. Dass es dichte Flocken gab unter den Betten, dass sich in den Regalen feinerer Staub vom Mauerwerk ablagert, dass der Wind rotstichigen Staub in die Wohnung treibt, dass er sich viel schwerer entfernen lässt, weil er Kleinstorganismen enthält, dass sie manchmal rote Hände davontrug, die eine ganze Nacht lang kribbelten. Dass sie mich am Tag darauf traf und den Staub zu hassen begann. *Ich habe mich verliebt*, sagt sie. *Aus dem Staub erhoben.*

Und ich erinnere mich, wie sie uns in der Schule die ersten Waffen in die Hand drückten, ein Messer zwischen die Zähne klemmten, dass sie uns zeigten, wie man den Abzug betätigt und wohin man den Kolben drückt, dass wir für unser Spielzeug gut sorgen mussten; dass es hieß, eine Waffe sei die schönste und schärfste Braut. Dass mir die Waffe manchen Dienst am Schießstand erwies, dass ich ins Schwarze traf, dass Robert nicht halb so gut schießen konnte wie ich (er warf lieber Granaten). Dass wir jeden Abend unsere Waffen, Kleidung und Zimmer reinigten, dass es nach Lehm roch und wir uns täglich duschen mussten. Und dass ich nicht wusste, wem von uns beiden die Welt gehörte, dass Robert jeden Titel für sich beanspruchte und ich bis heute keine Ahnung davon habe, ob man so etwas wie die Welt überhaupt einfordern darf; dass sich vielleicht alle Männer gern wagemutig geben. Dass die Mütter sich einst wünschten, ihre Kinder mögen heil aus dem Krieg wiederkehren, und die Väter lieber Helden erzogen und Kerle und Keile und Rotten. Sie sagt: *Mut ist nur eine Geste. Und die Welt ist nur ein Augenblick!*

Ob ich mich noch daran erinnere, wie sie vom Krieg sprachen, dass wir in einem Café saßen, und am Nebentisch diskutierten sie über die Folgen eines Krieges, dass es rechtens ist, ihn zu führen, dass die Menschen befreit werden und ihr Joch abwerfen, dass dieser Krieg zwar viele Menschen das Leben kosten, aber noch vielen mehr das Leben retten würde, Frauen und Kindern und Greisen. Und dass solche Kriege legitim sind, dass es Entschlossenheit braucht und Mut, sie zu führen. Und ob ich weiß, dass doch Zaunkönige laut singen, aber selten das Heft in die Hand nehmen, dass sie knapp über dem Boden, geschickt von Deckung zu Deckung springen, dass sie sich nur zu leicht ins Bockshorn jagen lassen.

Dass im Krieg Regeln gelten und Legenden, dass der Tod in manchen Sprachen weiblich ist und dass es sich dann und wann leichter stirbt. Dass weibliche Intuition herrschen wird, weil sich eine gute Nase im Krieg bewährt, dass die Frauen allen Schwierigkeiten trotzen und die Männer ermatten würden, dass ein Mann zwar mit einem Streich ein Schwein teilt, aber selten sein Essen, dass in einem männlichen Heer Uneinigkeit und Zwietracht herrschen, dass man darin umkommt. Dass so ein Krieg im Kopf entschieden wird, dass es Worte braucht, um ihn zu führen, sie sagt: *Tod!* Sie sagt: *Wir müssen töten!*

Und wenn du Robert siehst, pack ihn am Hals und schlitz ihn auf, dass er es nicht anders verdient hat. Dass er Palmdiebe aus ihren Panzern schälte, dass sie nackt vor ihm lagen und sich wanden, dass sie sich wünschen würde, die Feinde der Palmdiebe von der Erde vertilgt zu wissen. Dass es nicht rechtens sein kann, wenn einer allein zu viel Raum und alle Deutungshoheit beansprucht.

Du greifst dir einen Morgenstern und schwenkst ihn entschlossen, dass die Nägel und Stacheln ihr Übriges tun und Wunden schlagen, groß wie Bärentatzen. Dass die Wucht der Schläge jeden Mann zurücktreibt, dass er tiefen Respekt zeigt und nicht selten genug weint. Dass ich mich von hinten nähern soll, wenn er am Fluss steht und trinkt, wenn er sich beugt und sein eigenes Spiegelbild kaum erkennt, dass es dunkles und fauliges Wasser sein muss, weil er dann umso größeren Durst verspürt. Dass du mir vorsichtig bist und die Kette nicht rasselt, dass ich ihr nicht vergesse, den Faustriemen fest zu schnüren, dass ich mich schwarz kleide und hellwach bleibe, ganz egal, ob es stürmt oder dämmert. Dass ich mich hüten soll, ihn zu warnen, dass ich auf leisen Pfoten an ihn heranschleiche und ihm mit einem einzigen Hieb den Kopf spalte; dass er vornüber fällt ins Wasser und sich die Blutegel auf ihn stürzen, die Frösche und Lurche, die Puppenräuber und Kerbhalsigen. *Dass du an das Kind denkst und mich,* sagt sie.

Und dann reinigst du dein Gesicht von seinem Blut, du machst es gründlich und ohne Hast, dass niemandem gedient sei, wenn ich in Hektik verfalle und ein Detail übersehe, dass sie heute die kleinsten Blutspritzer zu erkennen wissen, dass sie analysieren und Spuren sichern, dass sie schnell einen Strick daraus zu drehen verstehen. Denk immer daran, dass er zwischen uns steht, dass man die alten und kranken Hirsche von der Herde trennen muss, um den Fortbestand aller nicht zu gefährden; dass sich die Wölfe und Hyänen, Löwen und Wildhunde an nichts anderes halten.

Du gehst auf ihn zu und lässt ihn nicht zu Wort kommen, er wird überrascht sein, dich zu sehen, wenn er sich überhaupt an dich erinnert. Er wird sich wundern, nach mir rufen, dass ihn niemand hören kann. Du sorgst dafür, dass ihn niemand hören kann, begreifst du? Dass er mit den Jahren ein Schlächter wurde, dass manche Menschen nicht leben dürfen, weil sie andere ins Unglück stürzen, dass sie anderen nur das Wasser abgraben, dass sie ihnen einmal zu viel in die Suppe spuckten. Dass sich das Gute in ihnen längst verflüchtigte.

Dass Gott alles Leben schuf und dass er es auch wieder nehmen kann, dass es keinen Gott gibt, dass es keine Rolle spielt, was wir glauben, wenn wir wissen, was zu tun ist. Dass die Männer und Frauen ihre Spielchen spielen, dass sie Kinder in diese Welt setzen und herzhaft lachen, dass sie Zähne fletschen und manchmal heulen. Du nimmst seinen Platz ein und lässt ihn liegen, wo er fällt. Du darfst keine Gnade zeigen. *Du bist der Sturm, du bist das neue Zeitalter,* sagt sie. *Hör auf mich!*

Ob ich noch weiß, wie sie mich anrief, dass das Telefon achtmal läutete und ich schon schlief, dass eine Amsel durch ein offenes Fenster in meine Wohnung flog und ich sie stundenlang jagen musste, dass ich müde zu Bett ging und nicht einmal mehr fernsehen wollte. Dass ich den Hörer abnahm und sie schluchzen hörte, dass Robert sie geschlagen habe, zunächst unabsichtlich, sie sagt: *Er wollte nur markieren!* Dass es genügt hätte, wenn er sich entschuldigt, dass er aber nicht daran dachte und weiter einschlug auf sie, dass es das erste Mal war, dass Robert (mehrmals) die Hand auskam, dass sie ihn nicht wiedererkannte. Dass er zu ihr sagte, sie hätte Schlimmeres verdient. *Schlampe,* sagte er. Dass sie daran dachte, ihr Kind zu nehmen, um zu mir zu fahren, ob ich mich noch erinnere, wie sie sagte: *Hier muss es enden!*

Dass sie sich beruhigte, dass vielleicht alles ihre Schuld sei und er nur einen schlechten Tag hatte, dass sie doch keinen Mann verlasse, um zum nächsten zu flüchten, dass man als Flüchtling überall schlechte Karten hat. Dass ich daran dachte, was Vater und Mutter davon halten, dass sie mir vorwerfen würden, erneut versagt zu haben, dass es schon immer so mit mir war, dass der Mann gewiss recht habe und ich hysterisch sei.

Schon als Kind habe sie allerlei gesehen, was nicht war, sich zu oft die Knie wund geschlagen, zu oft gezwinkert mit den schönen Augen, dass man doch denken musste, sie hätte das mit Absicht getan. Und ich blieb, wo ich war, und du hast gelacht über mich, aber dir war zum Weinen. *Dass du mich nicht kennst,* hast du gesagt, dass du eine fremde Frau siehst, die etwas Selbstachtung wahrt, dass du einen Mann siehst, der immer schon morsch war, dass Robert nur die Scheu ablegt, er selbst zu sein. Dass seine Scheuklappen größer werden und ich endlich aufwachen müsse. Du sagtest: *Erkennst du nicht das Totengerüst?*

Kapitel 8

Ob ich noch weiß, sagt die andere Frau, wie mich ihre Brüder in die Enge trieben, dass sie lachten, ich sei ein seltenes Tier (aus der Stadt), das sich nicht fortpflanzt, vielmehr festläuft (mit den kargen Instinkten), dass es allemal besser sei, dieses Tier zu töten, wo es doch allein im Wald nicht überleben kann. Dass sie stichelten und dich reizten, dass alle Brüder längst Nachwuchs zeugten, dass alle Schwestern Kinder stillten und mehrten, nur du und ich, wir blieben unter uns. Worauf wir warten und ob ich mich weigere, deine Kinder auszutragen, ob ich dir nicht genüge als Frau. Dass die Brüder den Tod nicht fürchten, dass sie Seite an Seite kämpfen und nicht ruhen werden, bis es vollbracht ist. Dass sie es für ihre Frauen tun. Die andere sagt: *Nimm dir ein Beispiel!* Sie sagt: *Worauf warten? Es gibt keine Unschuldigen.*

Sie nimmt Anlauf, springt über Wacholderbeeren und tänzelt zwischen den Beeten, dass ihr niemand beibrachte zu tanzen, und sie kann es doch. Dass ihr niemand beibrachte zu erkennen, und sie kann es doch. Dass es mit dem Töten auch so ist. Dass sie mit den Brüdern um lodernde Feuer schlich, dass sie Anlauf nahmen und darüber hinwegsprangen, dass sie sehr hoch springen kann, bis zu meinem Hals. Dass ihr eine der Schwestern erzählte, es wäre genehm, manchen Männern morgens ein langsam wirkendes Gift in den Tee zu träufeln und abends ein Gegenmittel. *Falls sie sich bewähren*, sagt sie. Dass ich darauf achten müsse, mit wem ich was trinke, dass ein Unglück allzu schnell passiert, ein Unfall, es reicht eine Frau mit faltigen Händen, ohne Anstand und Stehvermögen.

Und sie erinnert sich, wie sie bei der Mutter auf dem Schoß saß, wie sie damals die Welt sah … dass ihre Mutter über die Erde herrschte, dass sie von allen Seiten behütet und geliebt wurde. *Sie war die Hüterin*, sagt sie. *Hat mich aufgefangen mit ihrem Becken. An ihr kam niemand vorbei.* Daran kann ich mich erinnern, dass Fanghandschuhe den Schmerz linderten (wenn die Brüder zu hart in die Bälle schlugen), dass sie im Sommer die Auffangbecken am Fluss reinigten (dass er aber nur selten Hochwasser führte), dass sie den Fänger im Roggen las und viele ihrer Brüder und Schwestern an Leseschwäche litten; *mir hat das Leben alles Nötige beigebracht*, sagt sie.

Ob ich mich noch erinnere, wie ich vor ihr Auto lief, dass sie sich einmal im Monat auf den Weg machte, um Selchfleisch und Dörrfisch, Eier und Hühner auf dem Markt zu verkaufen, dass Bio-Nahrungsmittel bei Kräften hielten, dass sie mehr Vitamine und Spurenelemente enthielten, dass man auf seine Ernährung achten muss, wenn man vorwärts will. Dass ich ihren Wagen nicht kommen sah, du hast zum Himmel geschaut und ich dachte noch, du würdest es mit Absicht tun, mir unter die Räder zu laufen, weil heute ein schöner Tag zum Sterben sei. Dass sie bremste und das Auto zu schlingern begann, dass sie das Steuer verriss, um mir auszuweichen und in den Graben schlitterte. Dass du dich entschuldigt hast und mir alles abkaufen wolltest, dass die Eier zerbrachen und das Selchfleisch im Schlamm landete; du hast versucht, meinen Wagen zu starten, und der Motor hat gestreikt und wir haben einen Abschleppwagen gerufen.

Dass ich gelächelt habe und wusste, dass sie mir nahe stand; ihre Lippen bebten, weil sie erregt war, dass sie wissen wollte, warum ich nicht besser auf mich achte, dass ich kein Kind mehr bin und eine andere noch Gas geben würde, um mich (mit Genugtuung) über den Haufen zu fahren. Dass ich Glück hatte, ihr zu begegnen, weil sie mit Bestimmtheit wisse, dass heute kein Tag zum Sterben sei, *auch dein sinnloser Versuch kann daran nichts ändern*, sagte sie. Dass ich vielleicht ihr Schicksal bin, weil unsere Begegnung ihr Leben ändert. Dass sie es nicht übers Herz brachte, mich zu töten und danach weiterzufahren.

Dass die Frauen zu lange Kinder aufzogen, Beeren sammelten und Zelte flickten, dass die Männer Höhlen erforschten, Tiere erlegten und Wälder rodeten, dass sie sich gerne nahmen, was ihnen zwischen die Beine geriet, und die Frauen trotz allem ihr Auskommen damit fanden. Dass die Frauen mit Wilderern kurzen Prozess machten, sich aber mit den Jägern arrangierten. *Ich bin nicht so eine*, sagte sie. Und ich nehme sie an der Hand, die sich in meiner verliert, dass die ihre viel weicher ist und niemanden totschlägt, dass ich mich später daran erinnern werde, welch ein Glück es war, an ihrer Seite gelebt zu haben. Dass meine Hände groß sind und ob alles an mir sein Maß hat, will sie wissen.

Und ob ich noch weiß, wie sie mich anrief, dass sie ein Kind in sich spürt, dass eine Frau fühlt, wenn es wächst, dass sie des Morgens Schwindel überkamen, dass ihr übel war und ihre Brüste schmerzten, dass sie wusste, es war ein Kind von Robert und keines von mir. *Dass es nicht von dir sein kann*, sagte sie am Telefon. Dass ich noch etwas entgegnen wollte und sie schon den Hörer auflegte, dass sie in die nächstbeste Klinik fuhr, um ihr Kind zu entsorgen und schon nach ein paar Wochen ganz froh darüber war. Dass ich nie erfahren habe, ob nicht ich dieses Kind zeugte, *dass eine Frau doch Bescheid weiß*, hat sie gesagt, und ob ich es anzweifeln möchte. Dass sie es war, aus der sie es schnitten, dass ich gar keine Ahnung hätte und sie mir nichts schulde, dass ich still sein solle und Robert an allem schuld sei. Dass doch die Männer alle gleich sind und eine Frau nur in Verlegenheit bringen, dass sie Verlegenheit sagt und Umstände meint, daran muss ich noch lange denken.

Dass ich mir vorstelle, wie es sein muss, ein Kind in sich zu tragen, dass es sich regt und manchmal gegen die Bauchdecke drückt, dass es pulsiert und einen erfüllt, dass man jeden Abend miteinander einschläft und wieder aufwacht. Dass ich nicht umhinkomme, darüber nachzudenken, ob es nicht doch mein Kind war, dass ich versuche mich daran zu erinnern, wann wir einander kreuzten, und ob es eine theoretische Möglichkeit gab. Dass ich ihr niemals verzeihen würde, mein Kind getötet zu haben; dass man meinetwegen Erwachsene und Tiere aufschlitzt, dass man selbst Götter von ihren Sockeln stößt, dass ich keinerlei Einwände gegen das Töten habe, solange man nur mein Kind verschont.

Dass ich mir vorstelle, mein Kind hätte die Augen eines Löwen, dass es mühelos seine Feinde im hohen Gras ausmacht, dass die Augen einer Raubkatze das Restlicht verstärken und den Blick fürs Wesentliche schärfen. Dass sie immer wachsam sind und man sich darin endgültig verlieren kann. Dass mein Kind gern aus der Schule plaudert, dass es niemandem folgt und viele ihm hinterher, dass ich es manchmal in meinen Träumen sehe und jemand sagt: *Ich kenne deine Tochter.* Dass ich sage: *Für meine Tochter bist du niemals gut genug.*

Dass Gott alles Leben schuf … die Töchter und Söhne, Welpen und Bachen. Dass alles seiner Verantwortung obliegt und die Männer und Frauen seinetwegen mit der Vorstellung spielen, Kinder zu zeugen und Landschaften aufzuteilen. Dass die Menschen doch gern die Zähne fletschen und manchmal heulen. *Dass es keine Rolle spielt, was du denkst,* sagt sie.

Ob sie noch weiß, wie ich sie anrief, dass sie zunächst nicht abheben wollte, aber danach doch zum Hörer griff, dass sie zunächst schwieg, aber bald schon Töne in mein Ohr summte, dass ich daraufhin zu ihr sagte: *Freizeichen?* Dass sie stumm blieb, um Minuten später umso vehementer loszuschlagen. Dass sie Robert geschlagen hätte, danach nicht einmal fernsehen wollte; dass er früher immer fernsah, nachdem sie miteinander ins Reine kamen, dass er höflich blieb und sich nie unwirsch zur Seite drehte. Dass er diesmal nicht daran dachte und mich weiter demütigte, dass es das erste Mal war, dass sich Robert offen dazu bekannte, dass ich ihn nicht wiedererkannte und mich weinend in der Küche verkroch. Dass er zu mir sagte, *du bist mein böser Traum. Fotze,* wetterte er.

Dass ich zunächst daran dachte, mein Kind zu nehmen, um zu dir zu fahren, ob du dich noch erinnerst, wie ich sagte: *Jemand muss ihn aufhalten!* Dass ich aber wieder meine Fassung gewann und zu überlegen begann, dass vielleicht alles meine Schuld sei und er gar nichts dafür könne. Dass ich mich gar nicht beklagen müsse, wo ich ihn doch betrogen habe, dass es mit mir von Grund auf nicht stimmt und mich der Schmerz vielleicht aufrüttelt. Dass ich nicht mehr vom Weg abkomme. Schon als Kind bereitete ich den Eltern Sorgen, die Mutter nannte mich Taugesuse und der Vater Rosenstolz, aber ich verstand nie, was sie damit meinten. Dass ich zu oft gezwinkert habe mit den großen Augen, dass man doch denken musste, ich hätte es mit Absicht getan. Dass immer ich die Schuld an allem trug und die anderen mich mieden.

Und ich blieb, wo ich war, und wurde älter und du hast gelacht über mich, dass du mich nicht wiedererkennst, hast du gesagt, dass du einer fremden Frau auf den Leim gegangen bist, die etwas Selbstachtung wahrt, dass sie an der Seite eines Mannes lebt, der sie langsam erstickt, dass er sich niemals ändern werde und sich insgeheim auf den Krieg freue. Dass uns die Stunde schlägt. Du sagtest: *Erkennst du die Wahrheit nicht? Ist es so weit gekommen?*

Ob sie überhaupt weiß, dass ich mich selten unter die Meinen wage, dass die Städte und Plätze von Männern neuerdings wimmeln, dass sie in den Straßen stehen und debattieren, an ihren Pfeifen ziehen und applaudieren, dass sie einander versichern, sie hätten den Krieg nicht gewollt. Dass sie ausschwärmen und sich unter den Lampen sammeln, dass sie es Versammlungsfreiheit nennen und angestammtes Recht und folgerichtig das «Wort Gottes». Dass ich mich durch die Massen zwänge, dass ich die Lücken suche und ihren Reden lausche, dass es lärmt und dröhnt und ihre Stimmbänder langsam heiser werden, dass sie Stimmzettel verteilen und Stimmung machen, sie sagen: *Unser!* Sie sagen: *Mannschaft!*

Und plötzlich trifft mich ein Ellbogen und noch einer, dass sie einem versichern, es sei keine Absicht, dass ich mich vielleicht nicht wie sie kleide, keinen Bart trage und ihre Pläne verkenne, dass ich aber eines Tages verstehen würde und mich für die Sache begeistern ließe; dass man sich keiner Erleuchtung widersetzen dürfe. Dass die Hölle auf diejenigen wartet, die der Vernunft abschwören, dass sie keinen vernünftigen Grund sehen, den Frauen freie Hand zu lassen, dass diese es als Freibrief verstehen würden, sich alles einzuverleiben. Dass der Körper einer Frau biegsamer ist, dass er sich leichter dehnen lässt, um die Welt aufzunehmen, dass im Körper einer Frau manches für immer verloren bleibt, dass sich dort alles ihren Händen entzieht und die Männer ratlos zurückbleiben mit ihren spröden und kantigen Formen.

Dass ich mich nicht mehr an meine Kindheit erinnere und in einer Welt Wurzeln schlug, die keine Gnade kannte, dass wir alle keine Kindheit hatten, gar nicht wussten, was man uns vorenthielt. Dass ich einmal an einen Fluss kam und mein Spiegelbild darin schlingerte, dass es nach Algen und Moder roch, dass sich die Wogen allmählich glätteten und ich mich betrachten konnte, dass ich jung war (fast noch ein Kind) und plötzlich einen Bart trug, dass ich mich täglich rasieren musste und ein paar Narben zurückblieben. Dass sie mit ihren Fingerspitzen über mein Gesicht strich und ich die Augen schloss, die Berührung genoss, dass sie mir zuflüsterte: *Ich habe dir reinen Wein eingeschenkt!*

Dass ich gelächelt habe und wusste, dass sich zwischen uns die Räume leerten, dass sich vieles für immer löste und zurückblieb, dass wir uns in diesem Augenblick auf zwei Dinge einigen konnten: *Sie und mich.* Und ich wollte die Zeit anhalten, dass einmal im Leben ein Mensch doch die Chance haben muss, der Zeit Herr zu werden, bis ein Augenblick ewig dauert oder nur noch uns beiden gehört.

Dass wir Glück hatten, einander zu begegnen, dass wir Pech hatten, uns über den Weg zu laufen, dass vieles anders verlaufen wäre, hätten wir auf die Stimmen der Vernunft gehört: *Ordnung! Gehorsam!* Und ob ich sie berühren will, dass die Hände eines Mannes zwar ihre Haut aufrauen, dass sie aber später Salbei und Thymian einsammeln könne, um die Haut erneut zu glätten. Dass sie alles tun will für mich.

Dass die Frauen früher noch Wiesen suchten, um Pilze und Pflanzen zu pflücken, dass sie Krankheiten heilten und Mythen nährten, dass die Männer ihrerseits Land und Vieh besaßen, dass sie ihr Revier abgrenzten und die Frauen sich damit abfanden. *Ich kann so nicht leben,* sagt sie. *Ich bin das nicht.* Und ich nehme ihre Hand, sie fühlt sich glatt und warm an, ihre Handflächen sind schneeweiß, blank poliert wie Bachkiesel. Dass ihr der Vater einst erzählte, wie Frauen zu Müttern wurden und Männer selten genug zu Vätern; dass sie gern Kinder zeugten, das schon, aber für manches ihrer Kinder gar keine Verwendung fanden, dass alles irgendeinem Zweck dienen müsse. *Dass es selbst für dich in seinen Augen eine Verwendung gibt,* sagt sie.

Dass ihr Vater und Mutter manchmal Briefe schrieben und sie diese nie las, dass ich doch gar keine Ahnung hätte, wie sehr sie sich beweisen musste, dass die Eltern so manches Kind in die Welt setzten, sie aber alleine aufwuchs, dass sie vermuten musste, der Vater hätte die Töchter vermählt und die Söhne in Kriegen verloren (nur um sie zu quälen). Dass seiner Meinung nach alle Kinder nur einem Zweck dienen: Ansehen und Reichtum des Vaters zu ehren. *Dass sie sein Abbild mehren müssen in der Welt,* sagt sie. *Das hat er sich gut ausgedacht.* Dass sie der Mutter bisweilen Vorwürfe machte und sich vieles zu Herzen nahm, dass sie niemals frei sein würde, dass die Männer eine Gespielin und die Frauen eine Gescheiterte in ihr sahen, dass es doch irgendwann zu Ende gehen muss. Dass sich ihr Kind und Robert in allem uneins wären, wie sie doch streiten und kläffen und sich aus dem Weg gehen, dass Robert schon gedroht habe, sein Kind aus dem Haus zu jagen, sobald sich erste Geschlechtsmerkmale zeigen. *Dass ich etwas tun muss dagegen,* sagt sie. *Töte Robert!*

Dass sie viele Feste feierten und immerzu Menschen zu sich luden, dass viele seiner Freunde meinten, Robert hätte etwas Besseres verdient als dich, dass du dich viel zu selten um ihn kümmerst und wir dich im Auge behalten (und dein Kind). Dass sogar ihre Freundinnen glaubten, sie hätte sich zu sehr gehen lassen, dass sie wussten, es gab einen anderen. Dass sich doch kein Mann mit deinem Robert vergleichen kann, komm zur Vernunft und denk an dein Kind, wir müssen uns im Krieg beistehen, wo wir doch alle aufeinander angewiesen sind.

Dass ein Kind ohne seinen Vater nicht überleben kann, dass es Roberts Kind bleibt … es hat seine Augen und die Nase und die dunklen Augenbrauen. Manchmal runzelt es die Stirn und reibt sich das Kinn, wie ich Roberts Gesten noch aus der Schule kenne, dass ich mich daran erinnere, wie er sich auf die Schenkel klatschte, dass er sich gern den Bauch hielt (fast so, als würde er sich selbst umarmen), dass er wie ein Pferd ausschlug, wenn jemand von hinten herantrat und er einmal einem der Lehrer das Schienbein brach und in den Stall flüchtete. Dass sie es nicht wagten, ihn zu bestrafen, und sich von da an jeder dachte, er hätte es darauf ankommen lassen.

Dass mich eines Tages ihre Freundin besuchte, dass die Frauen für gewöhnlich niemanden bitten, sie tun es einfach: *Ich will mit dir reden!* Und sie stand neckisch vor meiner Tür und ich wusste nicht, woher sie die Adresse hatte, sie trug ein blaues Kleid und eine schwarze Handtasche. Und ich wollte wissen, was sich in ihrer Tasche verbarg, und sie stutzte und lachte, dass ich für einen Mann ganz schön neugierig sei. Dass sich darin viele nützliche Dinge fanden, Nähzeug und spitze Nadeln, Feuersteine und Wangenpuder, dass sie immer frische Unterwäsche mit einpackte, um sich nicht selbst um die besten Möglichkeiten zu bringen.

Dass sie vom Flur aus meine Wohnung beäugte und ich die Türe schloss, dass wir einander nichts vormachten und sie mir befahl: *Vergiss sie lieber!* Dass sie käme, um mich zu verwarnen, dass ich mit einer gelben Karte gut leben könne, aber mit einer roten sähe die Sache anders aus. Dass ich die Freundin nur in Schwierigkeiten brächte, dass sie keine Frau sei für mich, es ist dir doch klar, dass ein Wort von Robert genügt, um dich zur Strecke zu bringen; dass er viele Leute kennt, und die wiederum haben Kontakte und verstehen ihr Handwerk. Sie sagt: *Du weißt, was ich meine?* Und dann verschwindet sie wieder.

Und sie lässt ihre Telefonnummer liegen und ein paar Schweißperlen, dass uns ein heißer Sommer erwartet und in einem solchen vieles passieren kann, dass Hitzköpfe außer Rand und Band geraten und gern die Entscheidung suchen; dass die blutigsten Kriege in heißen Sommern geführt werden, dass die Männer ihre Hemden aufknöpfen und die Hosen aufstricken, dass sie in der Hitze übel stinken. Dass die Frauen sich mit Hüten und leichten Sandalen bewaffnen, sie trennen ihre Blusen auf und legen Korsagen an, dass sie mit Farben nicht sparen, viele von ihnen bevorzugen Schwarz und Rot und Pink.

Und sie schaut nicht zurück und geht immer weiter die Straße entlang und ich blicke ihr eine Weile hinterher und frage mich ernsthaft, ob ich auf sie hören sollte, bestimmt wäre es für alle Beteiligten das Beste. Dass ich langsam alt genug bin, um mich für eine Sache zu entscheiden, dass man im Krieg gar keine andere Wahl hat, als am eingeschlagenen Weg festzuhalten, sonst hätte gar nichts mehr einen Sinn. Dass vielleicht am Ende alle umsonst gestorben wären. Ich frage mich gern, was das Leben für mich bereithält, wo ich doch vieles ausprobiert habe und nirgendwo heimisch geworden bin; dass sie mir fehlt und ich sie haben will. Dass ich noch weiß, wie mich die Andere bat, ihr die Wahrheit zu sagen (frei von der Leber weg). Dass keine Frau eine andere neben sich duldet und man alle Frauen haben kann, wenn man will, oder eine, aber niemals zwei. Und dass ich darauf keine Antwort wusste.

Und sie erzählt mir, wie sie in ein Land fuhr, in dem die Frauen Kopftücher trugen, dass sie die Männer dazu bewogen und manche der Frauen meinten, sich aus freien Stücken entschieden zu haben; dass es heiß war und der Kopf Schutz benötigte. Dass sie ein halbes Jahr lang dort lebte und nicht viel vom Land sah, dass es Sittenwächter gab und Sittenstrolche, dass ihr aber die zweiteren lieber waren. Später liegen wir uns in den Armen, sie hält mich mit beiden Händen fest und schaut mir verklärt zu (mit beiden Augen), ob ich überhaupt weiß, dass sich kein Mann mit mir messen kann, dass sie verrückt genug sei (nach mir), um das zu behaupten. Dass sie mich küssen möchte! Sie sagt: *Noch hält sie dich. Noch ist die Zeit nicht reif, die Schlinge zuzuziehen.*

Dass sie es manchmal bereut, mich getroffen zu haben, dass sie sich redlich bemüht, ihrer Sache treu zu bleiben ... ich bin eine Frau, ganz allein mit meinem Lebenshunger. Dass ich mir klammheimlich die Scham rasiere. Mich der Welt nicht gewachsen fühle. Das ist mein Weg! Vorgeführt zu werden von den Lumpen und Männern. Sie sagt: *Komm zu mir in die Traufe!*

Kapitel 9

Ob du dich noch erinnerst, als ich dir erzählte, wie es so ist als Frau, wie wir Frauen missachtet werden, dass wir uns von der Lust leiten lassen und selten solidarisch zeigen, dass wir gut und gern einen Mann hinterrücks in die Schranken weisen. Wie sie erzogen wurden, die Frauen und Stuten, dass sie gerne laufen, um nirgendwo anzukommen, dass sie mit dem Wind um die Wette rennen und doch tagelang auf ihre Verfolger warten, dass sie an keiner Bestimmung zweifeln, weil sie wie alle Haustiere um eines buhlen … Aufmerksamkeit! Dass wir doch der Widerstand der Landschaft sind, dass man doch keiner Landschaft ungestraft seinen Stempel aufdrücken darf; sogar die Tiere wissen um ihre Bestimmung und die Frauen handeln der ihrigen zuwider. Und dass die Frauen zu lange geschwiegen haben und wie sie nun davon sprechen, wo sie nichts mehr zu verlieren haben, dass sie es zu Ende bringen wollen. Sie sagt: *Mag sein, es bleiben Wünsche, die gar keiner Entgegnung wert sind in deinen Augen.* Und ich weiß genau, was sie meint, dass die Männer vielleicht einfach nur Neid verspüren.

Dass ihr Herz nicht aufträgt und meines viel zu hoch hängt, zu nahe der Sonne, und immer noch habe ich dieses Gefühl, es wird schon nichts passieren. Wir stehen vor dem Haus, wo sie wohnt und ich folge ihr, im Gänsemarsch schlendere ich hinter ihr her und noch hat sie sich kein einziges Mal umgedreht; dass sie mich um den Verstand bringt und noch meint: *Ich bin nicht läufig!* Dass sie mich schon als Kind nicht taufen wollten und ich lange Zeit warten musste, dass ich einer dieser Männer bin, die sich einen Teufel darum scheren, was andere in ihren Köpfen zusammentragen. Dass ich mich frei sprach von ihrer Schuld. Dass sie plötzlich zu mir spricht, ich weiß noch, es geschieht völlig unvermittelt, wie klug sie ist, dass ich schon ahnte, wie sie sich aufspart, es ist nur ein weiterer feiner Zug.

Dass ich ihr nicht folgen kann, weil ich glaube, dass alles, was sie sagt, auf mich zurückfällt, dass uns etwas verbindet, was mein Leben lebenswert macht; plötzlich öffnet sie die Tür und fliegt fort. Und ich stelle mir vor, wie ich Jahre und Tage vor ihrem Haus warte, wie ich an irgendwelchen Türen läute, und wenn jemand öffnet, sage ich: *Nimm es mir bitte nicht krumm!* Und ich bin verwundert über den Mann und das Kind, die hinter der Tür hervorlugen, dass ich sie schon irgendwo gesehen habe und mich vage daran erinnere. Dass sie unbeholfen mit ihren Schultern zucken, natürlich sind sie überfordert, aber dann heißt es, dass wir einander viel zu oft auf die Probe stellen. Und die Tür schließt sich und die Zeit vergeht und alle müssen längst schlafen. Dass nur ich zurückbleibe und meine Augen in der Dunkelheit allzu gefährlich funkeln.

Ob ich noch weiß, wie ich sie zum ersten Mal zur Weißglut trieb, dass die Frauen nicht viel einstecken können und wir Männer uns vorsehen sollten, dass die Männer durchaus wissen, wenn die Frau einen anderen in sich verwahrt, dass sie zeitlebens misstrauisch bleiben und sich gegen Fremde verwehren, dass sie aber daran scheitern, in Zusammenhängen zu denken. Dass sie zu spät erkennen. *Die Schöße in der nasskalten Erde,* sagt sie. *Dass sie ohne uns umkommen!*

Ob ich noch weiß, wie ich ihr ungeniert auf die Brüste stierte, dass ich die Finger nicht von ihr lassen konnte, dass ich ihr später unverblümt in den Schritt griff, wie ich noch meinte:

Ich bin ausgerückt! Dass die Frauen gar nichts dagegen haben, wenn ein Mann zur Sache kommt, wenn er seine Sache gut macht. Dass die Frauen nichts Gutes darin erkennen, wenn ein Mann zur Sache kommt, weil er (früher oder später) ihre Rache entfacht. Dass ihr einmal jemand erzählt hat, die Rache stimuliere das Gehirn in ähnlicher Weise wie Schokolade; dass sie im vorderen Teil der Großhirnrinde ein Feuerwerk entfache, wohingegen Wut und Vergeltung bitter schmecken; die (süße) Rache selbst aber speise sich aus der Vorfreude, sich bald alles einzuverleiben.

Dass sie einst ein Kind erwartete und es niemandem erzählte, nicht ihren Schwestern und auch nicht den Müttern, dass sie den Blicken des Vaters auswich und die Spiele der Brüder mied, sie kann sich noch gut daran erinnern. Dass sie von einer ihrer Reisen kam und das Kind in sich verspürte, dass sie staunte und später in Panik geriet, dass sie alt genug war, um zu wissen, woher die Kinder kamen, dass es aber mit diesem Kind etwas anderes auf sich hatte, denn von einer Romanze fehlte jede Spur. Und sie wusste, der Vater würde sie strafen (weil er nicht wollte, dass sich sein Blut mit dem anderer Männer mische) und die Mutter würde sie zur Rede stellen, um später die Schuld auf sich zu nehmen; dass sie ihrer Tochter zu viele Freiheiten zugestanden, dass sie die Kontrolle verloren und den Vater mitgerissen habe. *Nur Gott kann mich richten*, sagt die andere Frau. *Da kann einer vielleicht alles, den es gar nicht gibt.*

Dass sie ihr totes Kind in Zeitungspapier einwickelte, weil nichts anderes zur Hand war, dass sie es am Waldrand begrub, heimlich und verstohlen, dass ihr ein paar Rehe und Elstern über die Schulter blickten und die letzteren sich gehörig aufplusterten. Dass sie nach ein paar Tagen erneut zum Waldrand lief, um das Kind noch einmal auszugraben, dass es eine

Frühgeburt war, blass und klein und von allein gar nicht lebensfähig. Dass sie weiße Laken mitbrachte, um das Kind umzubetten, dass sie es von der Druckerschwärze reinigte und vorsichtig einhüllte, dass sie verwirrt war, weil sie nicht wusste, wem das Kind gehörte und wie es in ihr wachsen konnte. Dass sie es zum zweiten Mal begrub, um sich eine Woche später erneut auf den Weg zu machen, dass sie verstohlen durch die Dunkelheit schlich, als alle schliefen ... die Brüder und Schwestern, die Väter und Mütter. Dass sie das Kind mit bloßen Händen ausgrub, um sich dessen zu versichern, dass es wirklich zu ihr gehörte und sie nicht nur träumte. Dass sie die nächsten Monate und Monde nicht mehr hinlief, weil sie vergessen wollte, weil sie es nicht fassen und begreifen konnte; dass sie schließlich ein halbes Jahr später zum Wald spazierte, dass die Sonne durch das Blätterdach schien und sie das Grab nicht mehr fand. Dass sie lange danach Ausschau hielt.

Dass sie den ganzen Tag über Rätsel löste, weil ihr die Geschichte keine Ruhe ließ, dass sie den Vater bat, ihr Rätsel zu stellen, dass sie Rätselhefte verschlang und jede Lösung fand, dass sie nur ihrem verlorenen Kind nicht auf die Schliche kam. *Dass ich heute nicht mehr weiß, was damals passierte.* Sie sagt: *Die Wahrheit verlor sich mit den Rehen und Elstern, die mit den Jahren weniger wurden, bis ich sie gar nicht mehr zu Gesicht bekam.* Dass der Vater den Wilderern die Schuld gab, die mit Präzisionswaffen zu Werke gingen und Bier tranken, dass es hieß, Pfeil und Bogen hätten ausgedient, wo doch ein Tier nur unnötig leiden muss. Dass man aber in Wahrheit zu schnell seine Pfeile verschoss und das Wild einem durch die Lappen ging, dass es die Männer keinesfalls wollten. Und die Jäger stellten nur noch selten einen Wilderer, gern tranken sie gemeinsam und beließen es bei einer Verwarnung. *Verbunden in der Lust zu töten*, sagte sie. *Dass alles vielleicht in der Natur der Sache liegt.*

Ob sie weiß, dass ich mir manchmal Kinder wünsche, die in ihr wachsen, um uns beiden zu gehören; dass ich früher den städtischen Friedhof aufsuchte, um mir die schönsten Namen zu notieren, dass ich einmal kein Papier zur Hand hatte und mir die Namen auf die Handflächen kritzelte, dass diese nicht ausreichten und ich auf den Unteramen weiterschrieb, dass eine Frau mit ihrem Kind vorbeilief und das Kind zu mir meinte: *Onkel tätowieren!* Und die Frau verharrte vor einem der Gräber und das Kind verbarg sich hinter ihr und spähte ab und zu hervor und schnitt Grimassen und die Frau legte ihre Blumen ab, sie tat es beiläufig und schluchzte ohne erkennbaren Grund. Dass sie bald wieder gingen und ich mir das Grab aus der Nähe ansah, dass auf dem Grabstein kein einziger Name eingemeißelt war, dass man solche Steine heute nur noch selten findet. Dass es früher hieß, in solchen Gräbern liegen diejenigen, die es zu vergessen gilt. Und man tat recht daran, das zu glauben. Dass die früheren Kriege nichts mit uns zu tun hatten.

Ich wollte Robert vergessen (und sie und das Kind), jeder anderen Frau hätte ich mein Herz schenken können und es wäre gut gegangen ... später einigen wir uns darauf, nicht mehr daran zu denken. *Ich glaube nicht, dass wir eine andere Wahl hatten,* sagte sie. Wir zogen nach Hause, in den Krieg.

Dass sie dem Kind ein Halstuch umband und die Fäustlinge vorwärmte, dass die Nächte mithin schon empfindlich kühl waren und wir einander nur trafen, wenn Robert längst schlief. Dass sie und ihr Kind vor das Haus traten und nach mir Ausschau hielten, dass sie ein Fernglas vor ihre Augen führte und dem Kind die Sterne zeigte, dass ich manchmal eine Thermoskanne Tee mitbrachte oder Schokolade für ihr Kind. Dass uns die Nachtfalter umkreisten und sich manchmal in den Haaren verfingen, dass sie mit den Flügeln schlugen und nicht mehr loskamen. *Sie sind wie wir*, sagte sie. *Dass wir voneinander nicht lassen können.*

Ich erinnere mich, dass Robert gern bei offenem Fenster schlief (sogar im Winter), dass sie uns in der Schule lehrten, dass die kalte Luft den Körper abhärte, ihn widerstandsfähiger mache und Robert alles glaubte. Dass wir uns ungern mit Details aufhielten, wenn er schlief und das Kind sich mit den Sternen unterhielt; dass wir einander küssten und uns immer vor Augen führten, es sei das letzte Mal. Dass man nie weiß, wann etwas zum letzten Mal passiert. Dass ich später durch die Stadt irrte und in manchen Häusern noch Licht brannte, dass ich Männer sah, die noch hämmerten und schweißten, dass ich Frauen traf, die einander in kleinen Gässchen bei Laune hielten, dass sie bisweilen krähten und kicherten.

Ob ich noch weiß, wie sie ihr Kind auf die Probe stellte, dass es sich irgendwo im Haus versteckte, und sie bis dreihundert zählte, dass sie sich umsah und kein Kind mehr vorfand, dass sie sich in jene Zeit zurückversetzt glaubte, als sie noch gar kein Kind hatte; dass sie daran dachte, mich anzurufen, um sich dessen zu vergewissern. Dass sich das Kind ruhig verhielt und ihre Armbanduhr leise tickte, dass sie im Schrank nachsah und unter dem Tisch, dass sie in die dunkle Kommode fasste und nach dem Kind tastete, dass ihr einfiel, wie es war, als sie kurz vor ihrer Entbindung stand. Dass sie ein paar Finger in sich schob und nach dem Kind Ausschau hielt.

Dass sie Fleisch von sich zwischen die Finger bekam und noch dachte, das müsste es sein, ihr Kind … mit ihren Augen, der Nase und manchem mehr. Dass ihr Kind einen Laut von sich gab, dass es die Mutter drängte, es aus seinem Versteck hervorzuholen. Dass sie ins Wohnzimmer eilte, um hinter den Blumentöpfen nachzusehen, dass sie im Bad den Duschvorhang zur Seite schob, dass sie im Vorzimmer den Wäschekorb öffnete und ihr Kind zu ihr aufsah; dass es sich in der Schmutzwäsche breit machte, zwischen den Blusen und Hemden, dass es sagte: *Mutter!* Und dass sie keinen schöneren Morgen kannte.

Und ob ich mich noch erinnere, wie wir in der Schule Verstecken spielten, dass wir so manches zum Besten gaben und manchmal bis in die verzweigtesten Baumkronen stiegen, dass man immer diejenigen zuerst fand, die nicht klettern konnten. Dass manchmal die jungen Tauben und Drosseln, die noch nicht fliegen konnten, aus den Nestern fielen und verzweifelt unter ihren Bäumen saßen; sie verhielten sich ruhig und mieden hektische Bewegungen, wo sie doch wussten, es herrscht Krieg. Sie zählten bald zu den ersten Opfern.

Dass man sich einen Krieg insgeheim schöner ausmalt; dass Männer und Frauen in bunten Kleidern aufmarschieren, dass sich Hebel und Räder in Bewegung setzen und neueste Technologien Wind und Wetter trotzen. Dass Lanzen und Schwerter ein wahres Hochgefühl vermitteln … Wahrheit und Sieg! Dass im Krieg immer die Wahrheit siegt; es soll sogar Völker geben, die das glauben. Und sie umfasst mein Handgelenk, dass ihr der Vater einst kräftige Hände vererbte und die Mutter schelmische Augenbrauen. Sie sagt: *Alles bin ich!*

Kapitel 10

Und ich sah Legionen aufmarschieren, wie alle mit Nachdruck ihren Fuß aufsetzten und sich eine Staubschicht über alles legte, dass jemand sagte, es würde die Haut vor dem Austrocknen bewahren! Wo doch heute die Sonne unbarmherzig sticht. Dass neben mir eine Frau stand (mit blondem Haar), dass sie mich bat, ihr den Harnisch zu schnüren, ihre Trinkflasche zu füllen, sie trug ihr Haar offen und summte irgendein Lied. Dass heute ein Tag sei, an dem die Frauen singen, dass viele sterben und ihre Träume abklingen; dass die Frauen Freiheiten fordern und die Männer sich blutige Nasen holen. Es war ein Lied mit sehr vielen Strophen.

Und ich sah Frauen und Männer viel zu selten über ihren Schatten springen, dass sie alterten und lieber unter sich blieben, dass die Frauen einander mit den Jahren ähnlicher wurden und die Männer sich immer noch unterscheiden ließen; *dass ich Robert für dich finden werde*, sagte eine Wildfremde neben mir (die ich doch gar nicht kannte). Unser Heer ist zu einem Land gewachsen und ihr Heer ist ein Meer geworden, zwei Kräfte, die sich ineinander verbeißen, und eines davon muss hier enden und das andere soll darüber wachen.

Ob ich mich noch erinnere, wie mich einer der Brüder zum Kampf forderte, dass sie zu mir gelaufen kam und mich abhalten wollte, dass der Bruder sie nicht zu Wort kommen ließ und die Faust ballte, dass er mich mit gewaltigen Hieben zu Boden zwang, dass ich zu bluten begann und sich das Gras rot verfärbte. Dass die stämmigen Beine des Bruders dieses wie Scheren teilten. Dass Grasbüschel durch die Luft wirbelten. Dass er nicht von dir lassen wollte und ich ihn bat, dich anzuhören. Und ich stellte mich zwischen euch und du kamst wieder auf die Beine und lachtest. Dass er mich zur Seite drängte, um erneut auf dich loszugehen, dass er dich an deinem Hemd packte und heranzog, dass er nicht mehr zuschlug, dich vielmehr erstaunt musterte, als er sah, wie wenig Angst du vor ihm hast. Und er war verlegen und ließ dich los, und du hast es ihm leicht gemacht und meintest, *dass auch ein Bruder irren kann.* Du sagtest: *Ich bin der Freund deiner Schwester.*

Später säuberte ich deine Wunden und wir aßen zu Abend, ich erinnere mich gut, wie der Bruder kam und dir seinen Platz an der Tafel bot, dass er dir die Hand reichte und du sie festhieltst. *Wie du auch mich in dieser Welt hältst,* sagte sie.

Und ich sah, wie sich das Männerheer formierte, dass in einiger Entfernung die Truppen aufmarschierten, dass sie Flaggen schwenkten und ihre Pferde nicht schonten, dass Benzingeruch aufstieg und Kanonen auffuhren, dass sie grölten und johlten. Dass sich das Frauenheer besser zu kleiden wusste, dass die Männer stärker schwitzten und nur wenige Frauen in ihren Reihen standen. Dass aber mancher Bruder mit uns zog. Die andere Frau sagte: *Du bist jetzt einer von ihnen.* Sie sagte: *Gut für uns!*

Dass ich manchen Mann täuschen kann, dass viele Tiere Listen anwenden, um zu überleben, dass sie eins werden mit ihren Feinden und ihre Verhaltensweisen imitieren, dass sie ihre Gewohnheiten studieren und unter ihnen leben, um blitzschnell zuzuschlagen. Dass Ameisenlöwen tiefe Trichter bauen und Steine werfen, dass sie ihre Opfer unter die Erde zerren, um von ihnen zu kosten; dass Seeteufel ihren Hunger stillen, indem sie andere täuschen, dass manche Spinnen an den Netzen ihrer Artgenossen zupfen, um diese aus den Verstecken zu locken; dass sie alle töten, weil sie ihren Instinkten folgen (und es gut können) und nichts anderes gelernt haben. Dass wir von den Tieren lernen müssen und ihnen in nichts nachstehen dürfen, dass ich so viele Männer töten soll, wie ich kann, dass sich die Unterdrückten irgendwann gegen ihre Unterdrücker wenden und es allemal besser sei, qualvoll zu sterben, als in Schmach zu leben. *Und vorher tötest du Robert,* sagte sie. *Damit dir die anderen umso leichter von der Hand gehen!*

Und ob ich weiß, dass sie bei Robert blieb und nicht den Mut fand, die Fronten zu wechseln; dass er nichts dabei fand, sie in den Krieg mitzunehmen und das Kind verweint zu Hause ließ. Dass sie nicht protestierte und ihm folgte und ich mich doch richtig entschieden habe. Die andere Frau sagt: *Es ist Zeit!* Dass die beiden Heere in Wellen gegeneinander anlaufen werden und ich mir einen guten Platz sichern soll; dass wir bald über den Hochmut der anderen richten werden und vielleicht selbst an unserem eigenen ersticken.

Und weit unten in der Ebene belauerten sich die Heere, es kamen immer mehr Streiter und alle wählten sich eine Seite und manche sangen und schwangen die Schlagstöcke und schleuderten ihre Speere hoch, damit sich diese umso tiefer in die Erde bohrten. Dass es Glück brachte. Sogar die Männer sangen lauthals … dass heute ein Tag sei, um Aufwiegler und Rädelsführer zu strafen, dass sie der Ordnung Genüge tun und manche Frau noch ihr blaues Wunder erlebe, dass sie Männer seien und nur zu gut um ihre Rechte wissen. Es war ein Lied mit sehr vielen Strophen.

Und ob ich meine Feinde erkenne, wie sie ihr Tagwerk verrichten, es ist kaum mehr ein Platz zwischen den schwitzenden Leibern; nicht eine Lücke ist leer geblieben. Und ob ich sehe, wie ihr Heer die Ebene füllt und das unsere die Bergkuppen säumt, dass viele Frauen ihre Haare zu Knoten gebunden haben, dass sie schillern und funkeln und die Männer laut pfeifen. Dass sich die Männer vulgär geben, schon in der Schule war abzusehen, dass sie sich gern in den Mittelpunkt drängen und immer das Eine wollen (und Anerkennung).

Und ich setzte mich ins Gras und hörte die Heupferde zirpen, sie blieben in Bewegung, wie auch wir ... die Frauen karrten Essen herbei, aus dem Hinterland zog ein langer Tross heran, um uns mit dem Nötigsten zu versorgen; man ging davon aus, dass die Schlacht Tage, wenn nicht Wochen andauern werde, dass es seine Zeit braucht, bis alle tot sind. *Wenn ich sterbe, lass mich einfach liegen*, sagte die Wildfremde neben mir. *Vergeude keine Kräfte! Spare nicht mit deinem Zorn!*

Es wäre vermessen zu behaupten, dass ich reif war für die Schlacht, ich habe mir nie etwas vorgemacht. Manchmal lief ich mit der Anderen ums Haus, hinauf die Hügel, durch den Wald und immer weiter bis zum Fluss und wieder zurück. Sie sagte: *Ausdauer! Die ist gefragt*. Dass man sich alles einteilen kann; Mut und Proviant, Torheit und Schlaf, es ist kein Geheimnis, dass man sich für einen bestimmten Moment im Leben aufspart.

Oft rang ich nach Fassung, dann erneut mit ihren Brüdern, im Nahkampf hätte der Wendigere klare Vorteile; dass ich mich bewege wie eine Katze, aber zubeiße wie ein Wolf. Und manchmal hörte ich sie beten, dass sie einander um Vergebung baten (und Ruhm erhofften), dass es die Tradition in ihrer Familie gebot. Dass es vielleicht doch jemanden gibt, der über uns wacht; irgendwo muss der Mensch schließlich Halt finden, um zu erkennen, warum wir da sind. Dass ich aber niemandem Rechenschaft schulde. *Du kämpfst nach deinen eigenen Regeln; dass du mir nicht vergisst, dass Regeln das eine sind, und der Sieg etwas völlig anderes,* sagte sie.

Und sie erzählt mir, wie sie eines Tages nach Madagaskar fuhr, dass sie sich mit ein paar Freunden davonmachte, dass sie in kleinen Häusern lebten und sich romantisch fanden, dass sie Vieh hielten und Geflügel, dass sie im Regenwald nach Früchten suchten und Lemuren aufschreckten. Dass die Madagassen noch an Gott glauben und ihn Andriamanitra nennen (sie und ihre Freunde aber immer nur Andi sagten). Dass sie sah, wie man Häuser für die Toten baute, viel schöner noch waren ihre Häuser als die der Lebenden. Dass man ein Haus für ein Menschenleben errichte und ein Grab für die Ewigkeit. Dass alle wichtigen Dinge mit Sorgfalt getan werden müssen oder gar nicht. Sie sagte: *Die Umwendung der Toten.* Dass sie es sie auf Madagaskar lehrten.

Dass sie die Toten aus ihren Häusern holten, sie in Bastmatten hüllten und lange Feste feierten, dass sich alle versammelten und die Toten neu eingekleidet wurden, dass man bunte und fröhliche Farben wählte und sie wie Neugeborene in die prächtigsten Laken wickelte und manch einen um den Finger. Dass die Menschen sündigen, wenn sie die Toten missachten, dass sie ihrer gerechten Strafe nicht entkommen; dass man alles Unglück abwenden könnte, um frei von aller Schmach zu leben, wenn man nur aus der Geschichte lernen würde.

Und sie erzählt mir, wie sie auf einen Hügel stieg, von dem aus sie bis zum Meer sehen konnte, ein Unwetter zog auf und sie wollte sich auf den Rückweg machen, als neben ihr plötzlich ein Tier vom Baum huschte. Dass sie daran denken musste, wie einzigartig die Tierwelt Madagaskars war und wie gewöhnlich sie doch im Vergleich dazu wirkte. Dass sie sich daran erinnerte, wie ihr der Vater einst zusicherte, sie sei einzigartig. Und dass sie darauf entgegnete: *Du hast doch viele Mädchen, meine Schwestern!* Und dass der Vater erbost war und sich beklagte, dass er ihr Leid tat und sie zum ersten Mal bemerkte, wie alt er schon war. Dass er ihr und den Schwestern Geschichten erzählte aus aller Welt, weil er der Meinung war, man könne nicht genug von der Welt wissen. Dass er von seltsamen Geschöpfen zu berichten wusste ... einige lebten am Boden und andere im Wasser, wiederum andere kletterten zum Jagen auf Bäume und manche schienen Chimären zu sein, zusammengesetzt aus Spitzmäusen, Maulwürfen und Igeln, sie hatten das Fell der Löwen und die Augen der Fregattvögel. Dass sie schon immer mit eigenen Augen sehen wollte, was er ihr vorenthielt.

Ob ich noch einmal über ihren Bauch streiche, wo doch niemand weiß, wie der Tag zu Ende geht. Dass wohl viele ihren Kopf verlieren und eine Auszeit nehmen (wenn es überhaupt eine Pause gibt). Und ich berühre sie, weil es vielleicht zum letzten Mal geschieht, dass meine Fingerkuppen selten genug ihren Körper erforschten und ich mich mit einem Mal erinnere, was sie mir über die Topografie dieses Landes zu berichten wusste (es könnte nützlich sein) ... ob ich noch weiß, wie die Vögel über unseren Köpfen kreisten, dass sie von oben alles besser einsahen, dass sie jeden Winkel dieses Landes kannten, dass ich sie beachte, wenn sich die Kämpfe in die Länge ziehen, dass ich auf der Hut sein müsse, wenn die Vögel verstummen.

Dass die Männer Rüstungen trugen und im Staub turnten, dass sie ab und zu vorpreschten, um Pfeile abzuschießen, dass aber die Heere zu weit voneinander entfernt standen und alle Geschosse in der Erde stecken blieben und nachwippten; dass der Wind auffrischte und den Rock mancher Frau nach oben wehte. Und ich sah ein paar Männer, die unserem Heer entgegenstürmten, dass sie einen Pfeil nach dem anderen in unsere Richtung trieben, bis der erste von ihnen traf. Dass einer Frau der Schaft aus der Schulter ragte, dass sie diesen mit einem Ruck entfernte und ohnmächtig wurde, dass sich ein Pfeilhagel über die Leichtsinnigen ergoss und alle starben. Dass sich einer davonstehlen wollte und um sein Leben lief, dass die Entfernung zwischen zwei Punkten theoretisch überbrückt werden kann, aber die Zeit dazu fehlte ihm. Dass er fiel und sich einmal noch rührte, dass sie ihm kurzerhand in den Rücken schossen. Dass die Männer ihre Toten beklagten und die Frauen frohlockten … es waren nur Männer, jung und ungestüm. Die andere Frau sagte: *Bist du etwa hier, um zu zögern? Oder willst du Robert töten?*

Und ob ich mich noch daran erinnere, dass sie eines Tages in die Stadt kam, dass sie nicht wusste, wo sie war und es keine ihr bekannten Orientierungspunkte gab … keine Hügel und Täler und Bäume und Felsen. Dass sie ein altmodisches Kleid trug und an jeder roten Ampel geduldig wartete. Dass sie mit ihren Absätzen an den Bordsteinkanten hängen blieb, dass man die Leute vom Land daran erkannte, wie unbeholfen sie ausharrten; dass sie es nicht eilig hatten und viel zu leicht in Panik verfielen. Dass einmal eine Frau aus ihrem Dorf nicht wiederkam und ihr andere nacheiferten. Sie sagte: *Landflucht!* Dass manches früher besser war. Dass keiner Notiz von ihr nahm, nicht einmal Polizisten schöpften Verdacht, achtlos liefen sie an ihr vorüber, stellten Diebe und Kerle und Tagelöhner. Dass ihr der Vater einst davon abriet, ins Zentrum zu fahren, wo sich doch dort der eigene Herzschlag verlor, dass der Asphalt glühte und keine Sterne schienen, der ganze Himmel wie zum Hohn leergefegt war. Dass sie mich nicht finden konnte und keiner, der es wert gewesen wäre, sich ihr entgegenstellte.

Dass in der Stadt Krieg herrschte, sagte sie. Dass sie sich unwohl fühlte und jemand nach ihren Brüsten fasste, dass ihr die Männer in die Augen stierten, wo doch sogar die dümmsten Tiere wissen, wie gefährlich das sein kann. Dass sie in der Stadt niemals glücklich wäre, selbst mit mir nicht. Und sie lief fort und die Hunde bellten, sie lief weiter und wusste, sie würde sterben oder, schlimmer noch, sich unterordnen. Die andere Frau sagte: *Ich bin keine, die stillhält.*

Und ich sah, wie das Heer der Männer in Bewegung geriet, wie eine entschlossene Abteilung nach vorne rückte, dass es große und schwere Männer waren, die allerlei Eisen mit sich führten. Dass sie mächtige Schilde an ihrer Spitze trugen und die Flanken von gepanzerten Fahrzeugen nur so wimmelten, dass sie stumm nach vorne eilten und dabei nicht ins Schwitzen gerieten. Dass sie von einem Pfeilhagel übersät wurden und keiner von ihnen strauchelte; sie drohten und fluchten nicht, nur manchmal heulte einer der Motoren auf, wenn der Fahrer seinem Zorn freien Lauf ließ. Und sie bargen die Toten, schafften sie zur Seite und hoben sie auf ihre Schilde, sie lachten und weinten nicht, dies erachteten sie als weibisch und es blieb den Frauen vorbehalten.

Ob ich weiß, dass wir mit der Munition haushalten müssen, dass die Frauen lange genug den Haushalt führen um zu wissen, wie schnell die Vorräte zur Neige gehen, dass die Männer in ihrem Übermut alles verschwenden und schnell an ihre Reserven geraten. Dass ihnen schon die ersten Stunden des Krieges Engpässe bescheren, dass sich diese in den weiteren Tagen vertiefen, und am Ende verbleiben ihnen nur Hieb- und Stichwaffen und übersäuerte Muskeln. Dass sie einer fundamentalen Regel des Krieges zuwiderhandeln: *Erweise dich würdig!*

Dass die Frauen nichts zu verlieren haben, wo doch vielen nur ihr Körper blieb, dass sie bisweilen nicht einmal diesen besaßen. Dass sie Kinder gebaren, die sie nicht wollten, dass sie ein Leben fristeten, das ihnen weder Gleichheit noch Freiheit bot, dass sogar die erfolgreichsten unter ihnen immer wieder an ihre Grenzen stießen. Dass sie so weit gingen zu behaupten, nur ein toter Mann sei ein guter Mann! Dass die Männer es nicht besser wussten und zu lange in der Vorstellung lebten, eine Frau sei dem Manne untertan; dass sie in ihren Positionen verharrten, Kinder zeugten, um ihre Physis zu vererben, und ihre Kinder es ihnen gleich taten. Dass die Söhne ihr Erbe antraten und Ansprüche geltend machten und dass die Töchter heirateten und Haushalte führten, alle machten sich schuldig.

Und ich sah, wie die Männer Katapulte in Stellung brachten, dass sie Steine heranrollten und anhäuften, dass es Steine waren mit scharfen Kanten, dass sie manchen der Steine mit einem Spruch versahen, dass sie aus Gebetsbüchern zitierten und die Unfehlbarkeit des Mannes predigten. Dass sie die Prüfung bestehen und Exempel statuieren werden, dass sie die Frauen auf ein Neues in ihre Häuser führen; dass man jedem Lebewesen seinen Willen aufzwingen könne ... Gehorsam! Respekt! Zugeneigtheit! Kommt her zum Heil! Dass rechtschaffene Frauen den Willen des Mannes nicht in Frage stellen, dass sie sich in seiner Abwesenheit (um sein Wohl) sorgen und reinlich geben.

Und ob ich noch weiß, wie ihre Schwestern und Brüder alle Bücher verbrannten, die eine Existenz Gottes belegten, dass doch kein Mensch im Namen seines Gottes einem anderen Leid zufügen dürfe, dass es schon immer Menschen gab, die sich in Anbetracht ihres Glaubens für etwas Besseres hielten, dass aber damit nun Schluss sei. Und ich erinnere mich, wie ich mit ihr am Feuer stand, dass ich sah, wie die Bücher zu Asche zerfielen und der Rauch langsam abzog; dass der Wind ihn in den Wald trieb und der Funkenflug so manches Kornfeld in unmittelbarer Nähe in Flammen aufgehen ließ. Sie meinten: *Man muss Opfer bringen*. Und ob sie sich nicht eines Tages werden fragen müssen ... kam nicht ein Warner zu euch?

Und ein paar Männer hoben Gräben aus und ein paar Frauen Gräber, dass mancher Schwester die Hand zitterte, ich sah, wie sie sich auf ihre Lippen bissen, wie jung sie doch waren. Dass sich oftmals die Jungen streiten, weil die Alten über gar keinen Lebenswillen mehr verfügen, aber immer noch reicht es aus, um Unheil zu stiften. Dass einst alles mit zornigen (jungen) Männern begann, denen die Perspektiven fehlten, dass sie mit sich selbst nichts anzufangen wussten, und wie sollten sie dann mit den Frauen. *Dass es keinen Grund gab, durchzuhalten*, sagte die andere Frau. *Nun will ich Genugtuung!*

Dass sie einst mit der Mutter die Felder bestellte, dass die Brüder das Korn einholten und Früchte pflückten, dass die Leute im Dorf einander zur Seite standen und alle mit anpackten, die Frauen voran. Und ob ich noch weiß, wie ich sie anrief, dass ich die Stadt satt hätte, dass ich nichts mehr hören wollte von ihr und dem Kind, dass ich eine Perspektive brauchte und ein paar Tage auf dem Land so gut täten. *Dass du immer kommen kannst, wann du willst*, sagte die Andere. *Ein Bett ist schnell gemacht.*

Und ich verließ die Stadt und nahm nichts mit, kein Telefon und Rasierzeug, keine Ausweise, kein Geld, etwas Kleidung und eine Zahnbürste. Dass ich noch weiß, wie die Häuser im Rückspiegel kleiner wurden und es mir nicht schwer fiel, alles aufzugeben, dass ich die Haut am Körper trug und mein Herz schlug, mehr war eigentlich nicht nötig. Dass ich später erschöpft einschlief, und überall roch es nach Land; die Pferde wieherten und scheuten im Schlaf, ich träumte zu sterben, blieb aber nicht allzu lange tot. Und wie sie am Morgen in mein Zimmer trat, frisches Brot und Milch auf den Boden legte und zu mir sagte: *Guten Morgen!* Wie schön sie nicht lächelte. Und sie sagte doch: *Ich kann kein Lächeln halten.*

Und ich sah die Männer das Feuer eröffnen, Salve um Salve in unsere Reihen streuen, dass sie nicht genau zielten und die Frauen das Feuer erwiderten, dass stundenlanges Trommelfeuer meine Sinne lähmte und viele darin starben. Und ich blieb stehen, wo ich war, es machte keinen Unterschied, wohin man wich, dass die Geschosse einen fanden und töteten. Dass neben mir Frauen starben, dass sie fielen und stöhnten, dass ich vorwärts schritt und mich stoisch zeigte, dass ich nur noch dachte: *Töte Robert!*

Wie lang mochte es dauern, bis sich beide Heere in Bewegung setzten, bis sich die Reihen der Männer und Frauen vermengten, ob es Stunden oder Wochen waren, bis die Schlacht entschieden war, wer weiß das noch. Und ich sah, dass die Frauen die Flanken der Männer prüften und die Männer standhielten, dass sich die Frauen zurückzogen und die Männer nachsetzten, dass sie Verluste erlitten und keine Zeit blieb, um die ihrigen zu beklagen. Dass manche Frauen in Ermangelung anderer Gesten ihre Brüste entblößten und den Männern keine Ruhe ließen, dass sie lospreschten und sich blutige Köpfe holten, dass einige Frauen in ihrem Erbrochenen lagen und die nackten Brüste keinen mehr interessierten. Dass die Männer in Ermangelung anderer Gesten ihre Schwänze rieben, dass sie einander verstohlen musterten, dass sich die mit den längsten Schwänzen am lautesten gebärdeten und nicht mehr zur Ruhe kamen.

Dass einer einen Speer in meine Richtung schleuderte und es ein guter Wurf war … der Speer flog weit und weiter, er hatte es auf mich abgesehen und ich konnte stehen bleiben, um durchbohrt zu werden, oder zur Seite schnellen, um eine andere (hinter mir) sterben zu lassen. Dass ich mich für das Leben entschied und der Speer mich knapp verfehlte, dass er jemanden durchbohrte, der sein Leben noch vor sich hatte, wer will es mir vorhalten. *Wie geschmeidig du bist,* sagte die andere Frau. *Du bist kein hilfloses Tier.* Und ob ich noch weiß, wie schnell ich die Stadt vergaß, dass bald Schwielen meine Hände zierten und ich den ganzen Tag ein Feld pflügen konnte, ohne zu stocken; dass ich im Wald Bäume fällte und Brunnen grub, dass ich zu mir fand und niemals ruhte, dass sich meine Arbeit lohnte. Und wenn du etwas fandest, sagtest du: *Wasser!* Und wenn du dich verloren wähntest, sagtest du: *Halte stand!*

Dass ich dich aufhielt manchen Morgen, du hättest längst dein Werkzeug geschultert und dich auf den Weg gemacht, dass du mir sogar einmal ein Goldstück brachtest, das fortan meinen Hals zierte, dass wir selten über die Zukunft sprachen und ich immer dachte, du wärest über den Berg. Dass du lachtest, weil sich niemand sein Leben aussuchen kann, dass vieles wohl einfach passiert und manch offene Rechnung beglichen wird. Du sagtest: *Vergeltung!* Dass ein «Vergelt's Gott» manche Bettler in die Menge warfen, dass sie ihren Gönnern verschämt in die Augen blickten und doch etwas anderes damit meinten. Dass ein Mann in seinem Leben an manche Grenze stößt, dass er nur zu gern einige von ihnen überschreitet und manches davon Bestand hat und vieles keine einzige Nacht überdauert.

Wie lange mag es noch dauern, bis uns die Stunden eines Besseren belehren, bis sich die Reihen der Frauen und Männer ineinander verhaken; ob es Tage oder Wochen anhält, bis die Schlacht entschieden wird? Und ich sah die Frauen die Flanken der Männer belauern, wo doch diese der Versuchung trotzten; dass sich die Frauen zurückzogen und die Männer glotzten, dass beide Seiten Verluste erlitten, aber kein Toter war von Belang. Dass manche Frauen in Ermangelung anderer Gesten weiterhin ihre Brüste entblößten und die Männer in Ermangelung anderer Gesten weiterhin ihre Schwänze zum Himmel reckten, dass sie einander zuriefen: *Es schmerzt! Wo beginnt das Unrecht und wo endet die Notwendigkeit?*

Ob ich noch weiß, wie die Fronten in Bewegung gerieten, dass die Männer ihre Hörner bliesen und die Frauen ihre Flöten, dass sie trommelten und wogten, dass sie einander näher und näher kamen, um in einer Masse zu verschmelzen; dass es nach Blut roch und die Krähen über uns krächzten und kreisten, dass die Frauen im Kreißsaal einst unter Schmerzen Leben gebaren, dass sie es waren, die ihren Feinden den Weg ebneten. *Dass sich jedes verlorene Kind gegen uns wandte,* sagte sie.

Und ich sah, wie der Bruder einem Mann den Kopf abschlug, dass er lachte: *Mit einem Streich!* Und ich spürte den Atem der anderen Frau im Nacken, dass sie von dort aus das Geschehen gut im Griff hatte, dass sie manchmal ihre Schwerter kreisen ließ und jeden tötete, der sich uns näherte. Dass ich eine Sense in meinen Händen hielt, dass ich ausholte und den Worten des Vaters folgte: *Haltet stand!* Dass alle keuchten, als hätten sie dreihundert Berge erklommen; dass wir wohl irgendwann ermatten müssten, aber nichts hielt uns mehr, keine Müdigkeit und Reue, keine falsch verstandene Treue, es war ein Bluttag, ein böses Spiel.

Der Vater reichte mir die Sense … dass ich mit kräftigen Streichen manches entscheiden könne, aber eben nicht alles; dass schon bald meine Muskeln schmerzten und der Vater meinte, beim Mähen käme es auf das Zusammenspiel an, der Muskeln und Sehnen und Hebel. Dass wir bis tief in die Nacht auf den Feldern übten, dass wir es Nacht um Nacht wiederholten, bis ich im Schlaf davon sprach. Und dann mähtest du die Felder und lachtest und über dir schien die Sonne und einer der Brüder kam mit dem Rechen und ihr habt das Gras hoch aufgetürmt; es roch nach Blut und ein wenig nach Schweiß. Du sagtest: *Ins Gras beißen? Nicht vor der Zeit.*

Dass ich einmal von einer Stadt las, die nur aus Treppen bestand, dass die Männer und Frauen dort gemächlich lebten und zum Meer hinabstiegen, um zu fischen, dass sie mit aufziehender Dunkelheit in ihre Häuser zurückkehrten. Dass jene, die es zu eilig hatten, auf halber Strecke tot umfielen, dass sie zu schnell die Treppen erklommen, um einander (töricht, wie sie waren) etwas zu beweisen. Dass man aber die wichtigen Dinge langsam tun müsse, mit Ruhe und Sorgfalt. Oder gar nicht. Dass man die Toten in ihre Häuser trug und die Frauen leise sangen, dass es eine Stadt war, in der jedes Haus allen offen stand, den Lebenden und den Toten und solchen, die sich dazwischen befanden. Nur jene, die der Hast anheim fielen, blieben ausgesperrt. Die andere Frau sagte: *War es am Ende falsch, uns mit dem Krieg zu beeilen?*

Ob ich noch weiß, wie wir über den Krieg sprachen, dass wir meinten, vor dem Krieg fällt uns die Nähe leichter, dass wir uns in die Arme schließen, einen Augenblick lang miteinander alt werden. *Dass es gilt,* sagte sie. *Ich habe mich ausgesetzt. Und du hast dich nicht zurückgenommen.* Dass ich nunmehr meine Worte mit Bedacht wählen muss, weil sie die ihrigen wohl überlegte. Dass man sich seiner Sache nie sicher sein kann, wenn man sich entschließt, einander zu gehören; dass die Frauen die Männer gern ins Bockshorn jagen. Dass sie Kriege führen, wenn sie glauben, keine andere Wahl mehr zu haben. Dass sich jeder Mann ersetzen lässt, *nur du nicht,* sagte sie.

Und ich sah, wie sie einander töteten, die Männer und Frauen, die übereinander herfielen und ihrer Wut freien Lauf ließen; dass einige von ihnen dabei Lust empfanden und andere lüstern im Sattel saßen. Manche meinten gar, es sei eine zyklische Notwendigkeit, das Töten; dass ein Leben aus Rückschritten bestünde und irgendwann der Tag käme, an dem alles begann. *Aber wir haben keinen Anfang,* sagte sie.

Dass ich mich daran erinnerte, wie sie uns in der Schule lehrten, Frösche und Fische zu töten, dass wir die Aufgabe mit Bravour meisterten und später Hasen und Hennen köpften und noch später Kühe und Pferde, dass es eines Tages hieß, tötet einen Menschen, aber lasst es wie einen Unfall aussehen. Dass uns die Lehrer sagten, dass wir töten dürfen, solange uns nur einfällt, wie wir es anstellen, dass sich viele (der Einfachheit halber) für Bomben entschieden; dass wir keine Reue zeigten, wo doch ohnehin jeder irgendwann sterben muss. *Du beschleunigst das Unvermeidliche,* sagte man mir. *Du nimmst die Welt vorweg. Du entscheidest!*

Dass ich bald schon keine Hemmungen zeigte, dass ich Kühen und Pferden die Bäuche aufschlitzte (während sie noch lebten), dass sie mich mit großen Augen ansahen und keinen Laut von sich gaben, dass ich ihnen die Gedärme in ihre Mäuler stopfte und dabei weinte. Dass man mir sagte, wo gehobelt werde, fallen Späne. Dass Robert nie weinte und sein Messer nur selten reinigte, dass das getrocknete Blut Muster auf der Klinge hinterließ, dass er manchmal in der Schule saß und die Klinge (mit beiden Augen) fixierte. Dass er meinte: *Schaut nicht so blöd!* Dass man doch froh sein müsse, wenn es nicht das eigene Blut war. Und ich erinnerte mich daran, wie ich zum ersten Mal blutete, wie ich irgendwo gegen einen Mauervorsprung lief und eine Kante mein Fleisch aufschabte, das Blut floss ohne Ende und keiner klopfte mir auf die Schulter. Dass ich immer ans Töten dachte, wenn ich mein eigenes Blut sah, aber niemals ans Sterben, seltsam genug, das zu denken.

Und einer der Männer lief mir geradewegs vor die Sense, dass ich noch ausweichen wollte und vorwärts stolperte (da die Mitstreiter drängten), dass er mit erstaunten Augen zu mir aufsah, als ich seinen Leib teilte, dass ich über gute Reflexe verfügte und er keine Chance hatte. Dass er niedersank und sich an meine Beine klammerte, dass sein Griff fester und fester wurde, dass er vom Leben nicht lassen wollte und doch dem Tod anheim fiel. Und ich verharrte und versuchte zu ergründen, was ich fühlte, dass ich aber gar nichts verspürte und nicht einmal außer Atem geriet. Dass es wohl keinen Unterschied macht, was ich tue; dass die Lebenden einen finden, wenn sie sterben wollen und die Toten auf ewig tot bleiben (selbst wenn man ihnen später Denkmäler baut). Dass sich schon bald die Leichen neben mir türmten und ich nach vorne schaute, ganz ruhig wurde und eines noch tun wollte … Robert töten!

Dass einer sein Gewehr auf mich anlegte und zwei Handgranaten schleuderte, dass alle schnell Deckung suchten und die Explosion einige Körper hinwegfegte. Dass ich auf die Beine kam und jemand die Schussbahn kreuzte, dass die Kugel seinen Körper durchschlug und an Fahrt verlor, dass sie mich traf und von meiner Stirn abtropfte. Dass mich der Tod kurz berührte und seine Klauen nicht schloss, dass sich Wut in mir regte und ich gellend schrie; dass ich darüber fluchte, was nicht war und was hätte sein können. *Dass du zu allem entschlossen warst,* sagte die andere Frau. *Du warst Gott.*

Und ob ich noch weiß, wie schnell ich der Stadt entwuchs, dass meine Hände und Arme kräftiger wurden und ich immerzu Strohballen stemmte, ohne auch nur einmal zu stocken. Dass wir gemeinsam Holz stapelten und später die Feuer nährten, dass du doch in der Stadt verkümmert wärst, wo es dir an Licht mangelte und klarem Wasser; deine Knie wurden weich, du fuhrst mit dem Lift, du warst müde und anfällig, jeder konnte sich dir nähern, was an sich schon einen Frevel darstellt, bei einem so stolzen und mächtigen Tier. Dass du in dich gekehrt bliebst und allerlei Träumen nachhingst, dass du dich ihr darlegtest und sie dich in ihrem Hochmut nicht annahm, dass sie sich deiner nicht würdig erwies. Dass du in der Stadt nicht fandest, wonach dir verlangte, und meintest: *Goldene Asche. Silbernes Band.* Und du sagtest sogar: *Ich werde es nicht sein, der um sie weint!*

Kapitel 11

Ob sie überhaupt weiß, dass ich einst auf dem Land lebte, dass ich von Dorf zu Dorf reiste, mit Gauklern und Zirkustänzern, dass ich einem fahrenden Volk angehörte und unter freiem Himmel schlief, mein Brot mit alten Pferden teilte und wir unter stickigen Planen saßen. Dass wir Ziegen vor uns hertrieben, wenn die Sonne schien. Dass ich vergessen habe, wie die Menschen hießen, die ihr Leben mit mir teilten, dass wir die Bauern und Tagelöhner mit einfachen Kunststücken unterhielten und ich gut mit Stelzen umzugehen wusste. Und mit Pfeil und Bogen.

Und oft lag ich wach im Bett und wusste nicht, was passiert war; dass ich manchmal glaubte, jemand trieb sein Spiel mit mir, dass er mir eine Leine um den Hals legte und meine Arme und Beine mit dünnen Fäden versah, dass er daran zog und diebische Freude empfand, dass er mir meine Zeit stahl, mein Leben und die Erinnerung daran. Und wenn auch nichts von dem, was ich dachte, wahr war, es spielte längst keine Rolle mehr, weil alles Mögliche geschah. Wenn etwas doch meiner Einbildung entsprang, sich seinen Weg in diese Welt bahnte, dass sie plötzlich meine Frau wurde und wir einander endlich gehörten (auf ewig).

Ob sie ahnt, dass ich vieles nur träumte, dass ich selten genug aus dem Bett stieg und keiner geregelten Arbeit nachging, wo doch viele meinten, ich sei ein Taugenichts, dass die «Schule fürs Leben» vielleicht früheren Ansprüchen genügen mochte, heute aber keinen Hund mehr hinter dem Ofen hervorlockte;

dass die Männer Karrieren anstrebten und die Frauen ein für alle Mal das tun sollten, wofür Gott sie schuf. Dass man mir anbot, einen besseren Menschen aus mir zu machen, wenn ich nur damit aufhöre, zu viel nachzudenken. Dass ich mich nur in ihre Schrift vertiefen brauche, dass dort alle Antworten zu finden seien, die einem wie mir den Weg weisen (und allen anderen Männern).

Und ich habe so manche Arbeit angenommen, nur um unter Menschen zu sein … mit Männern sortierte ich Müll und mit Frauen putzte ich Klinken, mit Kindern spielte ich Murmeln und Hunde ließ ich versinken (im nahen Baggersee). Dass ich Hunde nie mochte, wo sie doch über keinen freien Willen verfügten, dass sie bellten und niemals die Hand bissen, die sie fütterte. Dass ich manchmal Vögeln zusah, wenn sie ausschwärmten, dass sie über den Dächern kreisten und sich ihre Kräfte gut einteilten, dass es in der Stadt mehr Tiere gab, als man meinen mochte.

Ob sie wohl ahnt, dass ich vieles nur träumte, dass wir unter goldenen Palmen standen und nach oben schielten, dass sie sagte: *Eine goldene Palme hat goldene Nüsse zu tragen.* Dass ich sagte: *Goldene Palmen gibt es nicht!* Dass wir nur an der Oberfläche kratzten und den wahren Kern verkannten, dass irgendwer alles in Formen goss, um uns etwas vorzugaukeln. Dass unter goldenen Palmen goldene Sonnenuntergänge an der Tagesordnung standen, dass wir in einem goldenen Zeitalter lebten, dass die Frauen in goldenen Käfigen saßen und die Männer goldene Zepter schwangen.

Dass ich heute noch glaube, sie sei die vollkommene Frau und ich ein passabler Mann, dass ich Kinder zeugen möchte mit ihr, um all unsere guten Eigenschaften irgendwo zu vereinen. Dass sie vielleicht nie glücklich sein kann mit mir und ich es endlich begriffen habe, dass ich ihr aus dem Weg gehen muss. Dass ich heute unglücklich bin, wo ich doch alle Chancen hatte, dass ich schon früher einen scharfkantigen Stein hätte nehmen sollen, um Hindernisse (Robert) aus dem Weg zu räumen, dass Gesteinigtwerden ein wirklich schöner Tod wäre, wenn es nur nicht so verflucht weh täte. *Dass du zu wenig geboten hast*, sagt sie.

Einst war ich ihr auf der Straße begegnet, sie hörte nicht, dass ich stehen blieb, ihr zusah, wie sie ihr Kleid glatt strich, dass sie es wie eine Frau tat, die es beileibe nötig hat, sich zu sammeln. Dass ihr ein Mann entgegenkam und noch einer, dem sie gar nicht auffiel, dass ich einer der Männer war, die stehen blieben, dass sie mir in die Augen sah und ihren Blick senkte. Dass ich nicht im Traum daran gedacht hätte, was mit uns passieren würde. Dass sich die Geschichten ständig wiederholen ... ein Mann trifft eine Frau, die verheiratet ist oder verlobt oder schon Kinder hat, dass man sich vielleicht verliebt und einander später alles Gute wünscht; dass man verspricht, einander anzurufen, füreinander da zu sein, und nichts passiert. Dass es mit ihr ganz anders war. Dass sie ins Telefon schrie: *Du bist verkommen!* Aber viele andere Frauen hätten gesagt: *Vollkommen typisch für dich.*

Wenn ich bei der Wahrheit geblieben wäre ... dass man doch alles lernen kann! Dass ein Mann vielleicht nur lügt, um Zeit zu gewinnen, dass er, wenn man ihm genügend Zeit ließe, zu Besserem fähig wäre. Dass meine Zeit bald um ist. Dass es früher schon viele Kriege gab, die weitreichende Folgen hatten; Männer bekämpften Männer und Frauen bekriegten Frauen. Dass manche Heere von Frauen befehligt wurden (und männliche Soldaten folgten ihren Ordern), dass manche systematisch töteten und andere ihre Gefangenen verschleppten, dass sie sich in nichts nachstanden. Dass man vielfach mit Begeisterung zu den Waffen griff und sich alle darüber freuten. Dass man gerne Kriege führte, um Antworten zu finden ... wer ist mein Gott? Wo ist mein Land? Und wie doch die Männer ihr Heil in der Flucht (nach vorne) suchten, und wie die Frauen darauf warteten, sie scheitern zu sehen. *Dass du überhaupt ein Mann sein musst,* sagt sie, dass sie es einfach nicht vergessen kann.

Und wir standen vor ihrem Haus, dass sie schon lange darin wohnte (mit ihrem Mann und dem Kind), dass sie allen Dingen in ihren Räumen einen Namen gab, um sich geborgen zu fühlen. Dass Robert gern Auto fuhr und ihr Kind viel zu blass war, dass sie dem Kind alle nur denkbaren Namen gab, um ihm Mut zuzusprechen, dass sich ein Mann und eine Frau doch darauf einigen sollten, ein Kind gemeinsam zu erziehen. Dass ihr Kind danach bestimmt zur Vernunft käme. Und ich folgte ihr bis vor die Tür, sie steckte den Schlüssel ins Schloss, sagte aber kein Wort, dass ein Mann doch wissen müsse, wann er erwünscht, und eine Frau immer weiß, wann sie gefragt ist; dass einem Mann vielleicht alles egal sei. Und genau das einer Frau so bitter aufstößt.

Und sie blickte zurück, dass sie und mich etwas verband, dass ich gut war zu ihr und dem Kind, dass ich viel zu gut war und sie der Sache nicht traute; dass ich ihren Weg kreuzte, um sie in Versuchung zu führen. Dass man mich schickte, um sie zu prüfen. Dass Robert eines Tages dahinterkäme und sie richten würde. *Und dich wird er sich bis zum Schluss aufbehalten,* sagte sie. Und dass sie nicht verstand, was ich an ihr fand, wo sie doch eine (von ihnen) war, die meinen Tod wollten. Sie sagte: *Ich werde nicht zögern, dir den Rücken zuzukehren.*

Und ich sah, wie viele Steine geschleudert wurden, dass sie von Katapulten in die Lüfte schnellten und der Schwerkraft trotzten, dass sie sich senkten und die Menschenleiber zermalmten; dass sich beide Seiten aller Waffen bedienten, dass die Männer zu Splitterbomben griffen und die Frauen zu Napalm. Dass man sich schon immer «Griechischer Feuer» bediente und die Rezeptur später mit Benzin und Schmierseife verfeinerte. Dass die Frauen so manches länger ziehen ließen, um bessere Wirkung zu erzielen. Und ich erinnerte mich daran, wie wir zum ersten Mal miteinander schliefen, dass ich niemals gedacht hätte, ein solches Feuer zu entfachen; dass die Gleichgültigkeit schwand, wenn man einander berührte, dass man den Herzschlag spürte und vielleicht auch den nahenden Tod; dass man lauthals rief: *Es ist vollbracht! Der Anfang!*

Und ich sah die Frauen ihre Sarissen umklammern, dass sie damit den Sturmlauf der männlichen Streiter zum Erliegen brachten, dass die Sarissen in die Höhe ragten und immer noch nach Kornelkirschen dufteten. Dass das Holz der Kornelkirsche nur selten splitterte und einen Zusammenprall oft genug überstand, dass man damit sogar Reiter zu Fall brachte, ohne sich dabei selbst zu verletzen. Dass sich diese Lanzen an beiden Enden zuspitzten, um in der Vorwärtsbewegung auf gefallene Gegner einzustechen; dass die Frauen schrittweise vorrückten und die am Boden kauernden Männer pfählten. Dass sie manchmal murmelten: *Keile in der nasskalten Erde.*

Und einer der Verwundeten kroch auf mich zu, dass ich in dritter oder vierter Reihe stand und er stetig näher kam, dass er bald geradewegs unter der Sense zu liegen kam. Dass dieser Mann nichts mehr fühlte und dachte, dass er sich eine Sichel zwischen seine Zähne klemmte, um noch jemandem beizukommen, dass er noch töten wollte, selbst in seinen letzten Atemzügen.

Dass er seine Sichel zur Hand nahm und meine Beine umfasste, dass er mir an die Kehle wollte und ich gar nichts verspürte, dass ich seine Rippen befühlte, bis ich sein Herz fand (mit einem kräftigen Stoß). Dass ein Mensch zwölf Rippenpaare aufweist und Männer und Frauen sich darin gleichen, dass die oberen sieben Rippen mit dem Brustbein verbunden sind und die achte bis zehnte sich zum Rippenbogen spannen, dass die letzten beiden lose enden und irgendwohin entfliehen. Dass Gott einst seinen Mann in tiefen Schlaf fallen ließ, um ihn einer Rippe zu berauben; dass er daraus die Frau schuf, eine Gefährtin und Freundin, dass es eine Weile gut ging und später alle zu Staub zerfielen. Dass ich mir das Herz des Mannes behielt und er in den Staub glitt (aus dem er sich kurz erhob), dass Gott alles Leben schuf und es auch nehmen kann, wann er will. Dass mir eines noch fehlt: *Robert!*

Und ob ich noch weiß, wie sie mir einen Brief von Gott zusteckte, *lies nicht alles auf einmal,* sagte sie. Dass ich damals nicht ahnte, was sie mir später bedeuten würde; dass es in ihrem Leben einen Mann gab, klar war mir das aufgefallen, dass sie manchmal von nichts anderem sprach. Ihrem Mann, einem Kind und dem Hund, dass ich noch dachte, zuerst kümmerst du dich um den Hund, danach etwas Zeit verstreichen lassen und später dann in beliebiger Reihenfolge.

In der U-Bahn war ihr eine Frau begegnet, und als sie aus dem Zug steigen wollte, steckte ihr diese etwas zu und rief ihr nach: *Ischa! Männin! Nächtliche!* Und sie reichte mir später diesen Brief, erinnerte sich noch, dass die Frau Handschuhe trug, alt war sie und kräftig, roch nach Feigen und Schlangenleder. Es war mein erster Brief von Gott an mich, er zeigte sich besorgt und väterlich, dass ich seine Handschrift schon in der Schule nicht lesen konnte und mir vorstellte, wir hätten dieselbe Schulbank gedrückt; er wusste schlicht alles, kannte jede Lösung und ging jedem auf die Nerven mit altklugen Sprüchen. Dass er schrieb: *Warum wunderst du dich? Das Böse zieht es zum Bösen und die Gerechten üben weiterhin Gerechtigkeit.* Und vor meinem Fenster kläfften die Hunde.

Dass ich noch weiß, wie sie lächelte, dann aber sagte: *Es gibt keinen Gott!* Sie sagte: *Die Frauen haben sich entschieden!* Und ob ich mir vorstellen kann, sie zu ehren, dass sie von mir träumte, wie ich neben ihr kniete, als sie in einer Blutlache lag, dass sie ihre Arme und Beine nicht spürte, sich nicht regen konnte und noch dachte, wo ihr Kind wohl Obhut findet. Dass ihr Kind nicht sterben darf! Dass du für mein Kind sorgst! Wo doch die Erde ein gefährlicher Ort ist für ein Kind, dass sie längst strotzt vor Tieren mit spitzen Zähnen. *Mein Weg endet und der meines Kindes ist noch zu keinem Drittel beschritten,* sagte sie. *Erinnere dich daran!*

Dass einer noch seine Waffe gegen mich erhob ... ein länglicher Knochen, den er zuvor aushöhlte, den er mit anderen Knochen sorgfältig zu verbinden wusste, so dass ein schauriges Blasrohr entstand; dass sich darin das Gift des «Schrecklichen Blattsteigers» fand, mit dessen Hilfe Naturvölker einst ihre Feinde zur Strecke brachten. Dass er mich verfehlte, weil kein Mann unfehlbar ist, dass ich mit der Sense kurz ausholte und die Augen schloss. Dass ich mich erinnerte, wie ich mit einem der Brüder zu Werke ging, dass wir uns kaltes Wasser über die Köpfe gossen und frisches Brot aßen, dass plötzlich jemandes Stimme weithin schallte: *Bruder! Geliebter!* Dass die andere Frau aus dem Schatten der Bäume trat und auf uns zulief, dass ihr Haar in der Mittagssonne glänzte und ich doch glücklich war. Und ihr Bruder meinte noch: *Wer kann das schon von sich behaupten!* Und ich öffnete die Augen und der Tod eilte heran, die Knochen splitterten und die

Hälse wankten, ich blieb zu allem entschlossen: *Keine Gefangenen! Keine Gnade!*

Ob sie noch weiß, dass irgendwer meinte, wir seien Geschwister; dass wir einmal durch ihr Dorf schritten, und die Schwalben zogen ihre Bahnen, ein paar Katzen dösten vor der Dorfkirche und alte Frauen knieten in der Sonne. *Dass es keinen Gott gibt,* hast du gesagt, aber die Alten beugten sich aus Gewohnheit, beteten vielleicht sogar, um nicht vor Langeweile zu sterben. Dass sie alles überlebten (sogar die Katzen und Hunde), dass die Jungen von den Alten noch einiges lernen konnten. Dass uns die Alten misstrauisch beäugten, *dass sie dich meinen,* sagte sie. Dass du keiner meiner Brüder bist und dich wie einer benimmst, der Unheil bringt, dass die Alten einen Blick dafür haben.

Dass sich einmal ein junges Mädchen einen Mann aus der Stadt angelte und man sie nie wiedersah, dass sie ihren Müttern und Schwestern noch eine Zeit lang Briefe schrieb, bis diese Briefe schließlich immer kürzer (und kühler) wurden und eines Tages ganz ausblieben. *Sie ist tot,* sagten die Alten (sie meinten, sie hätte sich angepasst). Dass die Männer gern in unser Dorf kamen, wenn die Mädchen zu Frauen heranwuchsen, dass sie schnelle Autos fuhren und dunkle Sonnenbrillen trugen, dass sie mit den Vätern tranken und mit den Müttern tanzten, dass sie Blumen streuten, um bald unverblümt zur Sache zu kommen. Dass die Brüder oft an sie gerieten, aber gegen die Übermacht nichts ausrichten konnten; dass sogar die Löwen weichen, wenn sich Hyänen um ihre Beute scharen. Dass die Hyäne einst Sinnbild für alle Unentschlossenen war (die gern im Glauben schwankten) … sie wechselte ihr Geschlecht, schien männlich und weiblich, bis es sogar Gott missfiel. Daraufhin machte sie kurzen Prozess mit den Löwen, weil es (ein Versäumnis Gottes) nicht genug von ihnen gab. *Wie immer man es auch dreht und wendet, es gibt keine anmutigen Schweine,* sagte sie.

Dass sie sich daran erinnerte, wie ich ihr einen Brief schrieb, dass ich ihr manchmal Postkarten schickte und Polaroids beilegte, dass sie meine Zeilen las und die Polaroids zu sammeln begann; dass ich immerzu Motive wählte, die sie an mich erinnern sollten. Und unser Geheimnis. *Dass ich es so wollte,* sagte sie. *Eine Bindung an dich.* Dass sie alles an ihrem Körper trug, in ihren Taschen und Täschchen, dass sie oft genug innehielt um nachzuzählen, ob auch nichts fehlte: Dass du selten Briefe schreibst und Polaroids verschickst, dass nichts davon verloren gehen darf. Dass sie sich überlegte, was wohl wäre, würde sie ein Auto erfassen oder einer der Stiere. Dass sie plötzlich durch die Luft wirbelt und sich der Inhalt ihrer Taschen weithin verstreut, dass ihn die Windböen in alle Richtungen treiben, wo sie doch nicht mehr in der Lage ist, Stück für Stück einzusammeln. Dass sie im Staub liegt mit wundem Herzen, dass sich jemand zu ihr beugt und ihren Puls befühlt, dass ein Leben schnell vorüberzieht, wenn man es zulässt. Dass sie niemals sterben könnte, um mich zurückzulassen, dass sie die Erinnerung am Leben hält. *Nichts von dir wird in den Wind gestreut,* sagte sie.

Und dann war es still und die Nacht brach an, man stellte die Kämpfe ein, versorgte die Wunden, ich bettete das Haupt im Grünen, irgendwo auf die blutverschmierte Erde. Dass ich schwer atmete und die Muskeln verkrampften, dass Posten entsandt wurden, um über die Frontlinie zu wachen, dass man den Verlauf eines solchen Krieges schon von anderen Streitigkeiten her kannte. Man gewann Meter um Meter an Boden, um diesen bald darauf wieder zu verlieren. Dass ich auf dem Rücken lag und nach den Sternen fasste, dass ich nicht schlafen konnte und der Mond gleißend schien; dass die Astronomen dieses Phänomen einst beschrieben ... die Himmelskörper nehmen eine seltene Konstellation ein, mit einem Mal verhält sich der Mond wie die Sonne, er färbt sich rot in der Dämmerung.

Dass eine Frau aus einer Senke zu mir kroch und sich neben mich legte, dass sie schon lange mit keinem Mann die Nacht verbracht habe, sei es auch nur, um Sternen nachzuschauen. *Dass sich die Sterne von uns entfernen,* sagte sie. *Den Frauen ist es längst aufgefallen.* Dass man sich doch etwas wünschen darf, wenn man eine Sternschnuppe sieht, ob es immer noch gilt, will sie wissen, dass sie ihren eigenen Augen nicht mehr traut. *Dass es Männer wie dich überhaupt noch gibt,* sagte sie. Und sie will wissen, was mich bewog, mit den Frauen zu ziehen, dass dir doch klar sein muss, sie werden dich niemals akzeptieren. Dass man gerne Raubtiere in die Phalanx der Feinde treibt, später aber nicht umhinkommt, diese zu töten, weil sie immer eine Gefahr darstellen. Dass man sie nicht zähmen kann, vielleicht manchmal ihren Willen bricht, bis sie nicht mehr nach einem schnappen; dass es keinen traurigeren Anblick gibt als die Augen stolzer Kreaturen, die nie mehr glimmen.

Die Ruhe vor dem Sturm, sagte sie. Und der Morgen dämmerte und wir erhoben uns, wünschten einander Glück und verloren uns bald aus den Augen. Sie verschwand in der Menge, um sich einen guten Platz auf dem Felde zu sichern; dass schon bald alle Frauen und Männer aus ihren Schlafsäcken stiegen, dass sie sich formierten und auf das Schlimmste gefasst machten. *Nur du wirst dem Tod vielleicht durch die Maschen schlüpfen,* rief sie noch. *Ich sah früher schon manches Husarenstück.* Und dann war sie fort.

Dass der Krieg bedeutete, nicht zu verzagen, *dass wir nicht versagen dürfen,* sagte die andere Frau. Dass sie kam und ging und ich manchmal nicht mehr wusste, ob es sie wirklich gab, ob sie nicht vielleicht eines meiner vielen Hirngespinste war, die mich in den Abgrund trieben. Dass mir schon lange keiner ihrer Brüder über den Weg gelaufen wäre, dass sie vermutlich längst tot waren (und verscharrt), wir aber immer noch lebten und uns aufbäumten. Dass mir auffiel, wie selten sie mir dieser Tage widersprach. Dass sie sagte: *Es dämmert ihm!* Dass sie lachte: *Geister sind wir! Mit dem Wind um die Wette!*

Dass ich die alten Reitervölker mochte und nicht so recht sagen konnte, warum; dass man mir in der «Schule fürs Leben» einst die Entscheidung abrang … greif dir das Pferdegeschirr oder die Ölkanister! Dass ich mich für das Leben entschied und gegen das Öl. Dass es die alten Geschichten der Awaren und Parther und Saken und Sarmaten waren, die mich in ihren Bann schlugen, dass ich nie das Reiten erlernte, den Pferden aber Respekt zollte, dass ich sie nach der Schule manchmal füttern und striegeln durfte und sie sachte mit den Hufen scharrten. Dass viele Frauen gut ritten und durch die feindlichen Linien schlüpften, dass sie manche Mohnblume pflückten (so nannten sie Männerhäupter), wo doch ein entschlossener Griff genügte, um sich diese einzuverleiben. Dass der Mann seine Reitkunst an eine Herrschaft über das Tier knüpfte, die Frau aber alle Vierbeiner sanft mit ihrem Becken zurechtrückte; dass man sich auf die Zurechtgerückten verlassen konnte, wohingegen sich die Beherrschten später gegen ihre Herren wandten, um sie in Stücke zu reißen.

Dass ich mich über dich wundern muss, sagte die andere Frau. Dass sie meine Sense prüfte, ob sie noch scharf genug war, dass sie einen Schleifstein aus ihren Taschen fischte, sich ans Werk machte, dass eine Waffe gepflegt werden will, um auf alles vorbereitet zu sein. Dass die Arme irgendwann ermatten, dass Armeen irgendwann bröckeln, aber die Klingen niemals stumpf werden dürfen; dass dein Leben daran hängt und du mir künftig viel besser darauf achtest. Dass sie mir den Stein zusteckte (und Brot und Beeren), sie reichte mir Umhang und Schwert, dass ich nun gehen müsse, solange die Sonne noch hoch in unserem Rücken stand; dass sie die Feinde blende und ihr Glanz dafür sorge, dass sie dem Schwert nicht auskommen.

Ob sie noch weiß, dass wir uns glichen, dass sie mir zuvorkam und ich alles tun wollte, um ihr Leben zu wahren. Dass ich mich daran erinnerte, wie wir einst vor der Schule ein Nest fanden und verharrten, dass sich Küken darin regten und hilflos mit ihren Flügeln schlugen, dass wir hochspähten zu den alten Linden und rätselten, wie sie den Absturz überlebt hätten. Dass die Zöglinge der «Schule fürs Leben» zu überlegen begannen, was zu tun sei. Dass manche vorschlugen, man möge das Nest liegen lassen und dem Schicksal nicht vorgreifen, und ein paar andere das Nest in die Baumkronen zurückbringen wollten, aber die meisten beschlossen, die Küken gegen eine Wand zu werfen (um ihr Leid zu verkürzen). Und so geschah es auch. Dass irgendwer noch meinte, sie hätten es nicht verdient, und Robert zu sagen wusste: *Wir befinden uns im Krieg.* Dass wir im Augenblick unserer Geburt in den Krieg eintraten.

Dass ich mit ihr durchs Dorf eilte und wir manchmal «Fangen» spielten; dass ich den Fänger mimte und sie die Gejagte, dass die Männer gern ihre Fänge ausbreiten und die Frauen flüchten, dass sich viele von ihnen leichthin einholen lassen, um später ihre Krallen auszufahren. Dass die Männer und Frauen darum ringen, wer als Erster die Fassung verliert, dass sie einander irgendwann entfesseln, um sich alles einzuverleiben. Dass wir so manches Spiel erfanden ... dass der Fänger zugleich der «Teufel» war und die Gejagten sich vor seinen

Hörnern in Sicherheit brachten, dass sich die Spieler auf ihrer Flucht umarmten, um den Teufel abzuwehren. Dass wir die Liebenden symbolisierten und dabei «Verheiratet!» oder «Für immer!» riefen, und der Teufel konnte alles mit einem entschlossenen «Geschieden!» wieder trennen. Dass man dem Teufel auch entkommen konnte, wann man sich auf Stühle oder Tische stellte, dass es manchmal genügte, ihn mit Wasser zu bespritzen, dass es aber bis zuletzt wenig nutzte, wo doch der Teufel immer gewann. *Dass er nur zuwarten muss,* sagte sie.

Dass wir manchmal noch «Prinzessin-Drache-Türme» spielten … schnell stellten die Drachen die Prinzessin, während sie bei umherstehenden Brüdern und Schwestern (den Türmen) Schutz fand. Sie hakte sich ein und kam zu Atem, bis sie die Drachen erneut aufscheuchten und vor sich hertrieben. Dass sich die Drachen über kurz oder lang (symbolisch) an ihr vergriffen, dass sich dann alle an jene Körperstellen fassten, an der die Drachen die Prinzessin berührten, dass dies später sogar das Kreuz-Zeichen ersetzte. Dass wir irgendwann genug hatten und mitunter sogar lachten.

Kapitel 12

Noch gebe ich die Hoffnung nicht auf, dass man irgendwann vielleicht genug hat vom Krieg, alles belächelt, dass es vielleicht im ersten Moment schwer fällt, dass sich aber Männer und Frauen erneut arrangieren, weil allen daran gelegen sein muss, zu überleben. Dass sie Strategien entwickeln, um einander beizukommen, wo es doch in den Augen vieler Menschen nichts Verwerflicheres gibt, als die Welt den Tieren zu überlassen. Dass es viele Himmel geben kann über einem kleinen Land. Dass im ersten die Vögel ziehen und sich im zweiten die Wolken sammeln, dass sie im dritten die Häute kalken und im vierten Efeu streuen, dass sich im fünften die Wölfe rotten und im sechsten die Rüden sammeln, dass sie irgendwann lospreschen und alle überlaufen. *Es gibt viele Himmel über einem kleinen Land,* sagte sie. Dass sie sich niemals ans Sterben wagte.

Und ob ich weiß, dass sie die Mutter darum bat, ein Geheimnis zu wahren, dass manchmal die Brüder kamen und später die Schwestern, dass sie miteinander Geheimnisse teilten, um diese für sich zu behalten. Dass jeder Mensch ein Geheimnis haben sollte, glaubst du nicht daran? Dass sie wissen wollte, wer ihre Geheimnisse teilt, dass die alten Frauen im Dorf zur Kirche schritten, um alles einem Gott zu erzählen, dass es sonst niemanden gab, der ihnen zuhörte. Dass sie schon dachte, tausend Frauen und Heerführer ins Vertrauen zu ziehen, dass auf diese Verlass sei, wo doch Führungspositionen das nötige Selbstvertrauen mit sich bringen, alles bei sich zu behalten. Das Tausend eine schöne Zahl sei und sie schließlich manches Geheimnis zu hüten hätte. *Dass ein jeder nur ein Stück davon abbekommt, um nicht in Versuchung zu geraten,* sagte sie.

Dass ihr die Männer im Dorf nachsagten, sie hätte den «Bösen Blick», dass sie Unheil über die Welt brachte und es manchmal hieß, jemand müsse ihr das Handwerk legen, sie und die Schwestern zähmen, wo ihnen doch der «Böse Blick» angeboren war. *Dass ich mich niemals um ihre Meinung scherte und den alten Narren gerne eins auswischte, dass ich die Häuser leerte und die Särge füllte,* sagte sie. Dass sie manchmal nach Italien fuhr, wo sie ihr eine «Jettatura» («Böser Blick») nachwarfen, dass sie in anderen Dörfern sogar Einäugige fürchten und wissen: *Wenn du sie (es) an dir vorbeigehen siehst, wende einen Stein und bete.* Dass sich anderswo die Einäugigen fürchten, weil sie als Sündenböcke gebrandmarkt werden und keiner Menschenseele damit gedient ist.

Dass manchem Dorfältesten sogar die Verstorbenen missfielen, wo doch böse Kräfte in ihnen keimten, dass man einst gut daran tat, ihre Augen zu verschließen ... sie könnten nach Opfern Ausschau halten und diese mit in ihr kaltes Grab ziehen. Dass man die Toten als «Nachzehrer» zu betrachten pflegte, in ihrem Dorf aber noch üblere Nachreden an der Tagesordnung standen. Dass schon die alten Sumerer ähnlich verfuhren und den Toten bunte Tonscherben in die Augen legten, dass sie die Worte «Ig-Hul» («böse Augen») obenauf einritzten, weil sie meinten, die Toten kämen unweigerlich in die Hölle. Dass man in ihrem Dorf tatsächlich glaubte, die jungfräuliche Braut müsse vor «Bösen Blicken» geschützt werden und einen Schleier tragen, dass man sie später über die Türschwelle zu heben hätte, weil jemand den Boden mit seinem «Bösen Blick» besehen haben könnte. Dass die Braut, die darüber hinweg schreite, sofort unfruchtbar werde.

Dass man früher noch von einem «kleinen Mann» in den Augen der Menschen zu berichten wusste, den man später als Reflexion von sich selbst entlarvte; dass sich die Frauen einst in die Augen sahen und von kleinen Männern begafft wurden, dass die kleinen Männer jener unheilvollen Macht dienten, die sich hinter dem «Bösen Blick» verbarg. *Dass die Männer gerne jemandem dienen und von sich auf die Frauen schließen,* sagte sie. *Dass ich niemals diene! Niemandem!*

Dass im Dorf die Mauersegler ihre Bahnen zogen und für gewöhnlich Glück brachten, die Maikäfer vor der Dorfkirche schwärmten und die alten Frauen mit ihren Stöcken gegen die Bretterzäune schlugen. *Dass es keinen Grund gab aufzugeben,* sagte sie. Dass die Alten irgendwann in die Knie gingen und die Welt uns Jungen überließen. Dass sie die Alten im Dorf misstrauisch beäugten, *dass sie mich meinten,* sagte die Andere. *Weil ich ihnen im Weg stand*; dass ich ihnen selten Respekt zollte und ihren Zusammenkünften fernblieb, dass die Schwestern und Brüder doch mich als Beispiel nahmen. Dass der Vater frohlockte, ich hätte eine Aufgabe, und die Mutter meinte, ich hätte ein Ziel. *Glaub mir, ich war von mir selbst vollkommen übermannt,* sagte sie.

Und dann war es still und ich konnte sie nicht mehr hören, dass in diesem einen Augenblick der Stille der Schlachtlärm aussetzte und ich mich erinnerte, wie ich ihr einst mit hungrigen Blicken folgte, dass ich ihr überallhin gefolgt wäre, hinaus aus der Stadt und noch weiter fort ins Ungewisse. Dass mich die Druckwelle einer Explosion von den Beinen fegte, dass der Lärmpegel schnell anschwoll, um dann unmittelbar nachzulassen, dass sich ein taubes Gefühl in den Ohren, Händen und Beinen einstellte, den letzten Verankerungen im Hier und Jetzt. Dass meine Hände und Beine unsäglich schwer schienen, dass die Welt mit einem weißen Tuch überzogen wurde, dass einem vom vielen Rauch die Augen überliefen. Dass sich die Dinge und Menschen entfernten (wie Kulissen auf Rädern), dass es hinter dem weißen Tuch lärmte und hämmerte, dass man manchmal einen Kopf auftauchen sah, mit weißem Latex überzogen. Und von diesem Anblick ging Angst aus, dass es mich an ein Leben erinnerte, das verrückt geworden war, dass ich einer war, der darin spielte, und menschlich schienen lediglich die Gliedmaßen und Köpfe, die abgeschlagen das Schlachtfeld säumten. Dass ich nicht atmen konnte und meine Blicke dem Lauf der Sonne folgten, dass ich mich auch daran erinnerte, wie wir früher in der Schule die Luft anhielten, um einander etwas zu beweisen, dass man sich danach sogar etwas wünschen durfte.

Dass jemand eine weitere Bombe zündete und das gesamte Schlachtfeld im Rauch versank, dass sich der Rauch schnell verzog und alle der unbarmherzigen Sonne preisgegeben wurden. Dass Aschewolken nach mir fassten und ich noch dachte, mit der Asche aufzusteigen. Dass ich den Gedanken schnell verwarf, wo sie mich doch hier hält, dass ich nur ihretwegen zur Welt kam, du bist mein Land. Du und das Kind. Zum Teufel auch.

Dass die Zeit stehen blieb und das Herz aussetzte, dass ich nach meinen Gliedern fasste und staunte, alle vorzufinden, dass ich noch dachte, gar nichts ist passiert. Dass ich nach der Sense fasste und selbst sie unbeschadet vorfand, dass ich ferne Schreie hörte und ganze Wälder in meinem Kopf rauschten, dass ich einst mit ihr unter einem Baum lag und ihr Kind auf der Wiese tollte, dass sie mich nicht missen wollte und sich Wiesenblumen ins Haar steckte … Schafgarben und Günsel und Hornklee und Witwenblumen.

Und eine weitere Nacht brach an, die Sterne leuchteten in einer verschwenderischen Pracht, so dass man schnell die Lust verlor sie abzuzählen. Dass ich mich an mein Versprechen erinnerte, ihre Entscheidung abzuwarten; dass sie eines Tages vor meiner Türe stand und meinte: *Du oder Robert! Einer muss den anderen töten, damit ich mich aus freien Stücken entschließen kann.* Dass ich die Türe schloss und sie noch eine Weile vor meiner Wohnung stand und weinte, dass ich meine Sachen packte und die Stadt am nächsten Morgen verließ, dass ich tatsächlich glaubte, ihr widerstehen zu können.

Dass ich mich im feuchten Gras wiederfand, dass wir im Halbschlaf vor uns hin dämmerten, Männer und Frauen; dass jene überlebten, die nicht schlafen konnten, wo doch die anderen kaum noch erwachten. Dass ich daran dachte, wie wohl früher die Reitervölker schliefen, ob die Heerführer auf ihren Eroberungszügen irgendwann innehielten; dass ich meine Augen schloss und nur noch schlafen wollte, dass die Augen aber von alleine aufsprangen, dass ich versuchte, sie auszutreten, und sie wie Zigarettenstummel weiterglommen. Dass sich der Krieg darin erneut entfachte und ich niemals schlief.

Dass Posten entsandt wurden, um über die Frontlinie zu wachen, dass manche damit prahlten, ein paar Meter gewonnen, und andere wiederum frohlockten, den Feind dezimiert zu haben, dass die Männer in der Tat weniger wurden und die Frauen sich dessen brüsteten. Dass ich auf dem Bauch lag und das Gras duftete, dass ich noch genau wusste, wie sie roch, wenn wir miteinander schliefen, dass ich mich danach wie auf Wolken fühlte. Dass die Himmelskörper manchmal eine besondere Konstellation einnehmen, sagen die Gelehrten; dass die Körper zweier Menschen es ihnen gleich tun, um ein Verhältnis zu wahren, dass sie dafür sorgen, dass ein einzelnes Leben nicht umsonst blieb.

Dass in der Stadt die Hunde bellten und man sie überall hören konnte; wo sie doch die Herren zu Hause ließen, dass die Kinder sie hüten mussten und mit der Verantwortung nicht umzugehen wussten, dass in jenen Tagen und Nächten viele Tiere entliefen, um die Welt unter sich aufzuteilen. Dass sie die letzten Palmdiebe erlegten, weil diese dumm genug waren, sich mit ihnen zu messen. Dass zwar viele Hunde dran glauben mussten, sie letztlich aber die Überhand behielten und all diejenigen starben, die langsamer waren als sie selbst. Dass fortan die Geschwindigkeit der Hunde galt und sie mit ihrem Trott das Land beherrschten und die Krähen wiederum im Aufwind schwebten und die Lüfte dominierten. Dass es erneut ein Leben gab mit zwei Geschwindigkeiten, dass man hätte meinen können, vieles sei beim Alten geblieben, zwei Geschwindigkeiten, ähnlich jenen von Männern und Frauen einst.

Dass ich Robert nie wiedersah und mich an die Schulzeit erinnerte, dass ich an ihn dachte und mir manchmal wünschte, ich hätte ihn nie getroffen, dass ich damals doch ahnte, es würde böse enden. Dass es vielleicht an mir lag. Dass es nicht an mir lag und ich gar nichts dafür konnte, dass mir die Welt entglitt und ich darin versank, zwischen den Tischen und Stühlen, den Irrlichtern ihrer Augen, den rastlosen Mündern, wen aber interessiert das noch. Und ich hielt meine Augen geschlossen, dass sich Kinder ähnlich verhalten, wenn sie ihren Häschern zu entkommen trachten, dass angeblich manche Vögel auch den Kopf in den Sand stecken, was bei näherem Hinsehen nicht der Wahrheit entspricht.

Dass ich Robert auf dem Schlachtfeld suchte, dass ich ihn töten wollte, damit es ein Ende nimmt, dass meine Suche vergeblich blieb und mit einem Mal klar war, diese Suche würde niemals enden. Ob sich Robert gar in mir verbarg? Dass mir in meinem Leben viele Männer begegneten, die ihm glichen, dass sie keine Rückschläge duldeten und immer die Ersten sein wollten, dass sie die schönsten Frauen unterwarfen und die seltsamsten Kinder zeugten, dass sie Gewalt säten, wo sie konnten, und das Böse in ihnen schwelte, in manchen vielleicht niemals erlosch.

Und ob sie weiß, wie viel sie mir doch bedeutet, dass die Andere darüber lacht und weint, dass ich mich längst gegen sie entschieden habe und ihre Kräfte schwinden. Dass ich mich für dich entschied und du dich niemals für mich entscheiden konntest. Dass du dein Kind mehr liebtest als mich, dass du Robert niemals hasstest, wo euch doch vieles verband; dass die Verbindung zwischen Mann und Frau ein ewiges Rätsel bleibt. Sie sagt: *Ich wäre viel zu gern mit dir gekommen.* Dass ich verblüht wäre an deiner Seite (im Verlauf nur eines Sommers), dass man doch sterben darf, wenn man sich endlich spürt, dass ich keine Kraft gehabt hätte, weiterzumachen, dass sie mich hätte zurücklassen müssen. Dich und mein Kind. Dass man doch sterben darf, wenn man wahrhaftig liebt. Und wenn sie am Ende Recht behielt?

Dass ich über ein Schlachtfeld taumelte und die Schlacht geschlagen war, dass die Brüder starben und die andere Frau mit ihnen, dass die Männer ihr Blut ließen, damit die Dinge blieben, wie sie einst waren, und dass die Frauen ihr Blut ließen, damit sich die Dinge ein für alle Mal ändern, dass aber diejenigen Recht behielten, die meinten, dass dieser Krieg nirgendwo hinführe. Dass bald niemand mehr Kinder zeugte und die meisten Menschen starben, dass einige wenige alt wurden und bis zuletzt einsam blieben, dass die Tiere schließlich das Land unter sich aufteilten.

Dass ich über ein Schlachtfeld taumelte und die Schlacht verloren war, dass ich blutete und keine Reue verspürte, dass ich einige Frauen sah, dich mich eindringlich musterten, dass sie allen Überlebenden misstrauten und sie keiner mehr hielt. Und ich sah einige Männer, die sich um mich scharten, dass ich wissen wollte, wo Robert abblieb, und keiner konnte mir Antwort geben; dass sie nur Augen hatten für die Frauen und alle töten wollten.

Dass ich mich abwandte und den Krähen folgte, die sich am Schauspiel labten (und reichlich Nahrung fanden), dass sie über mich hinweg zu ihren Nestern flogen, um ihre Jungen zu füttern, dass sich ihre Brut schon bald in die Lüfte erhob (und über das Land zog), um sich alles einzuverleiben. Dass ich dem Fluss folgte, der sich durch die Ebene wand, dass er sich rot verfärbte und Leichen darin trieben, dass sich die Fische darauf stürzten, die Krebse und Raupen, die Puppenräuber und Kerbhalsigen. Dass die Sonne niedersank und der Himmel sich von seiner schönsten Seite zeigte, dass ich über Körper stieg, die sich nicht regten, dass ich nicht erkannte, ob sie einst Männer waren oder Frauen. Dass ich Hände sah, die sich in die Erde krallten, dass ich Augen sah, die leise stöhnten, dass kein Laut über meine Lippen kam, doch ich küsste manchen blinden Mund.

Dass ich plötzlich stolperte und sie mir zu Füßen lag, dass sie noch lächelte und ihre Augen vom Pulverrauch tränten, dass sie ihren Blick senkte und den Kopf zur Seite rollte, dass ich ihren Hals sah, den schönen Hals mit der klaffenden Wunde. Wie sie vor mir lag in ihrer Wut. *Dass es nicht schmerzt,* sagte sie. *Du warst mir kein Mann, aber Geliebter und Freund.* Und sie wusste stets, ich würde kommen, um an ihrer Seite zu sein, dass sie doch ausharren wollte, um mich noch einmal zu sehen, dass ich sie küsste und fortan schwieg. Keine Lieder erklangen. Sie atmete schwer: *Vergiss nicht! Ruhig Blut!* Sie sagte: *Nichts, was Worte sagen mögen.*

Aus dem Verlagsprogramm

Stefan Beuse
Alles was du siehst. Roman
175 Seiten. München 2009

Reinhold Neven Du Mont
Die Villa. Roman
336 Seiten. München 2009

James Agee
Ein Todesfall in der Familie. Roman
Aus dem Englischen von Gerda von Uslar,
überarbeitet von Ingo Herzke
Etwa 398 Seiten. München 2009

Matt Beynon Rees
Ein Grab in Gaza. Omar Jussufs zweiter Fall. Roman
Aus dem Englischen von Klaus Modick.
352 Seiten. München 2009

Lauren Groff
Die Monster von Templeton. Roman
Aus dem Englischen von Judith Schwaab
512 Seiten. München 2009

Paweł Huelle
Das letzte Abendmahl. Roman
Aus dem Polnischen von Renate Schmidgall
Etwa 256 Seiten. München 2009